Der Autor dankt der VG Wort, die die Entstehung
dieses Buches förderte.

Ludger Wilhelm, Münster

Auflage 2022

Umschlaggestaltung: Diplom-Designer Eric Schrader, Münster

Satz: Jürgen Kurschinski, Lünen

Fotos: Walli Sandkamp, Münster

ISBN: 9783756815524

Internetseite des Autors: www.die-buschtrommel-solo.de

Herstellung und Verlag: BoD – Books on Demand, Norderstedt

LUDGER WILHELM

Sternzeichen Fuchs 2.0

Unveröffentlichte B-Ware
Satiren aus unteren Schubladen

Der Autor

ist geboren und aufgewachsen im Sauerland, das erklärt schon einiges.

Die Naturverbundenheit zum Beispiel: Als Kind, ja, sogar später noch als Jugendlicher ging es jedes Wochenende gemeinsam mit dem Vater in den Wald – es gab ja noch keine Müllabfuhr. Wir hatten damals zwar schon Strom im Sauerland, aber noch nicht soviel, dass man damit - so wie heute - Windräder antreiben konnte.

Zum Studium verschlug es ihn ins weit entfernte Münster, Sport und Geschichte. Ja, der Mann war früher auch körperlich mal sehr beweglich.

Weil das Land meinte, auf ihn als Lehrer verzichten zu können, gründete er zusammen mit einem engen Freund, dem Herrn König die Autoverwertung „König Wilhelm".

Aus dem Hobby Kabarett entwickelte sich dann schnell ein Beruf. Das Kabarett „Die Buschtrommel" tourte durch Deutschland, Österreich bis nach Südtirol, Auftritte in Malmö, Kopenhagen, Sankt Petersburg und am Nordkap (auf Kreuzfahrtschiffen).

Nach etlichen Kleinkunstpreisen verzichtete man auf die Teilnahme an weiteren Wettbewerben und begnügte sich mit dem Titel: meist prämiertes Kabarettensemble im deutschsprachigen Raum. Anders als fast alle seiner Kollegen besuchte er eine Schauspielschule, das renommierte Max Reinhardt Seminar in Wien (im Rahmen eines mehrtägigen touristischen Aufenthalts).

Nach 26 Jahren und 10 Programmen mit der

„Buschtrommel" folgte ein Soloprogramm, das überschwängliche Kritiken bekam.

Inzwischen verlässt der Autor das Sofa nur noch selten,er lässt spielen. Kabaretts wie die „Leipziger Pfeffermühle", die „Erfurter Arche" und etliche andere Kollegen sind mit seinen Texten unterwegs. Der Autor ist nicht mehr jung und braucht immer noch Geld.

Vom selben Autor erschien im Dezember 2021 ein erstes Buch: „Sternzeichen Fuchs – Satiren nur für einen beschränkten Leserkreis". Ebenfalls ein Buch mit hochwertigem Einband und **nicht** für die ganze Familie. Innerhalb nur weniger Wochen wurde schon eine zweite Auflage notwendig (wegen zahlreicher Rechtschreibfehler).

Inhaltsverzeichnis

Resümee nach 34 Jahren Kabarett

Lassen Sie mich ein Resümee ziehen nach 3 Jahren Kabarett „Schulte-Brömmelkamp, anschließenden 26 Jahren Kabarett „Die Buschtrommel" und schlussendlich 5 Jahren Soloprogramm:

Es hat sich doch alles nicht gelohnt, die Gagen gingen drauf für die verwüsteten Hotelzimmer und für die Tantiemen wegen der 18 unehelichen Kinder. Die eigene Ehe dagegen blieb kinderlos, wann hätte man Nachwuchs zeugen sollen, man war ja nie zu Hause.

Kam es doch auch einmal im Ehebett zu erotischen Verwicklungen, dann funkte garantiert die Idee für eine **Text**nummer dazwischen, dann hieß es aufgesprungen aus dem Bett, ran an den Schreibtisch und der Erguss erfolgte mit Tinte auf Papier.

Ach so gute Männerfreundschaften zerbrachen, man war ja nie da und konnte sie nicht pflegen, eingetauscht gegen ach so flüchtige namenlose Frauenbekanntschaften.

Und dann diese abendliche Angst, immer diese Angst, nach jedem Auftritt, steht da vielleicht wieder einmal so ein Halbwüchsiger mit Baseballkappe, den Schirme nach hinten und sagt: „Mama hat gesagt, ich soll Dir sagen, dass Du mein Papa bist."

Nicht zu vergessen dieser, jedem natürlichen Biorhythmus Hohn sprechende, verkorkste Tagesablauf: Aufstehen um 7, weil um 8 die Geschäfte schließen, Arbeiten immer nur nachts, opulentes Essen anschließend, weil man mit vollem Bauch nicht spielen kann, nach 2 Stunden abgefeiert auf

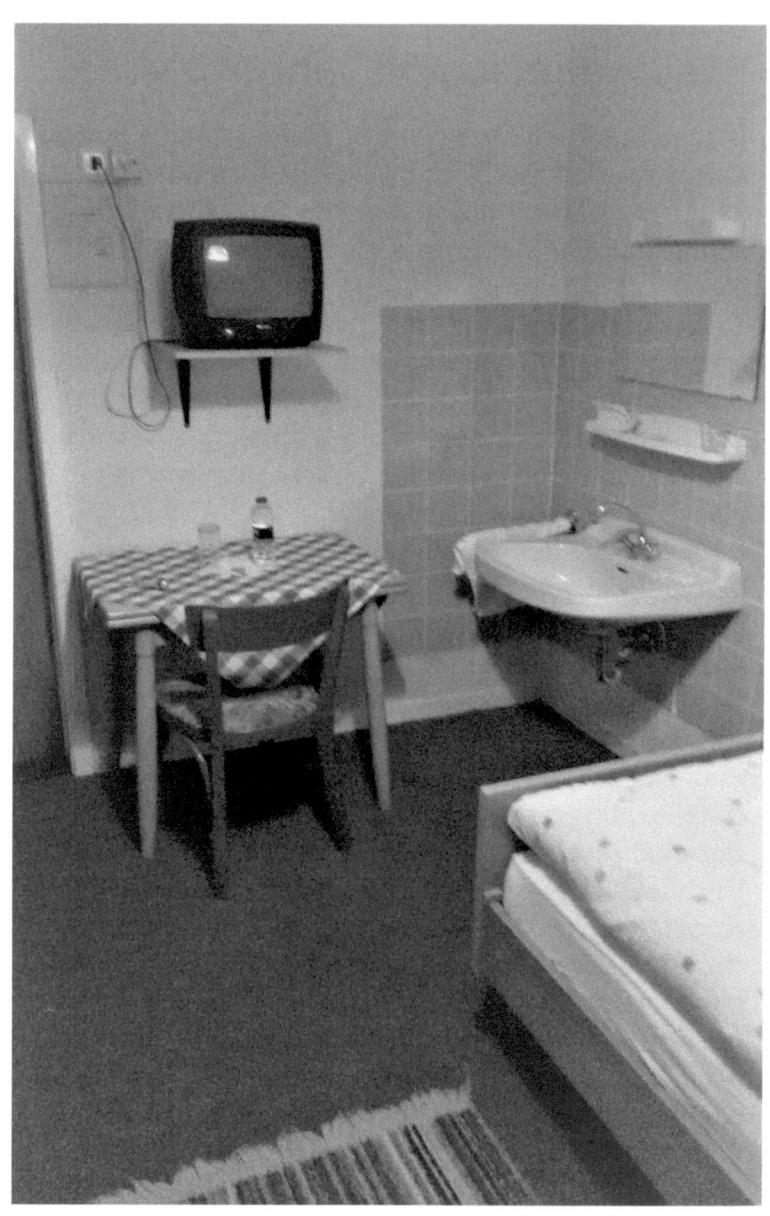

*Auf Tournee, ein Hotelzimmer **VOR** der Verwüstung*

der Bühne findet man keinen Schlaf, also trinkt man sich runter.

Untergebracht wurde man in Pensionen: „Zum räudigen Hirschen – Fremdenzimmer, eigene Schlachtung", gehobener Standard, jedenfalls in den Sechzigern, mit Waschbecken im Zimmer. Zitat der Betreiberin: „Wenn Sie nachts zur Toilette nicht über den Flur wollen, können Sie auch in das Waschbecken pinkeln, das machen alle so."

Nach dem Erwachen diese morgendliche Angst vor dem Verriss in der örtlichen Tageszeitung „Der Nebenerwerbslandwirt", geschrieben von einem ebensolchen, ohne Blick für künstlerisches Genie, vorbei am begeisterten Publikum, oder gelangweilt von der gestotterten Inhaltsangabe des 17-jährigen Volontärs, der sich von dem mickrigen Zeilengeld in 2 Jahren ein Bonanzafahrrad leisten wird.

Trotz hunderttausend Autobahnkilometern bleibt man in Deutschland ein Fremder, in den Stunden, die man noch hätte vor dem nächsten Auftritt, nimmt man nichts auf von der wunderschönen Altstadt, dem sensationellen Museum, der tollen Landschaft. Erinnern tut man sich nur an diesen vermaledeiten, regional ach so beliebten Hausschnaps vom Vorabend, den man unbedingt auch noch hatte probieren müssen.

Verschlissen und mit hineingezogen wurden auch etliche Veranstalter, die die Betreuung der Künstler auch nach dem Auftritt noch zu ernst nahmen, ein schlechtes Gewissen begleitete zunehmend die Tournee, wurde man doch Zeuge des Verfalls.

Traf man Kollegen, entpuppten sie sich ausnahmslos als Alkoholiker mit Schreibblockade, die ein

Vierteljahr vor der angesetzten Premiere noch auf der Suche nach einem Titel waren und noch keine Zeile geschrieben hatten, aber morgen garantiert anfangen werden.

Die Rente ist erbärmlich, hat man doch über Jahre viele Gagen unterschlagen und deutlich zu wenig Einkünfte gemeldet, ein Hinzuverdienst nicht möglich, man hat ja eigentlich nichts gelernt.

Künstler leben im Hier und Jetzt und zur Miete. Begriffe wie Sparvertrag, Vorsorge, Rücklagen sind böhmische Dörfer.

Gelebt hat man letztlich vom Leergut und dem Verkauf der hoteleigenen Handtücher und Bademäntel, ich gebe es zu: Selbst Seifen- und Shampoospender wurden abgeerntet.

Dazu dieses Misstrauen: Künstler, fahrendes Volk, nehmt die Wäsche von der Leine und sperrt die Töchter ein.

Nein, sollte jemand diese Zeilen lesen, noch unentschieden, auf der Suche nach dem erfüllenden Beruf, lese diese Zeilen mehrfach! Lass sie eine Warnung sein! Hör mir zu! Man muss nicht jeden Fehler selber machen! Denk an Deine Eltern und den Großonkel, der es doch im Herrenoberbekleidungsbereich bis zum Prokuristen geschafft und gutes Geld verdient hat.

In Abwägung der wenigen Fürs und der vielen, vielen Widers muss ich Dir sagen:

ICH WÜRDE ALLES GENAU SO NOCH EINMAL MACHEN

Danke

Bedanken möchte ich mich bei:

- meiner Frau Walli, die mich bei diesem Projekt umfangreich unterstützt hat,
- meinem Bruder Reinhard, der schon vorab alles – und das zum Teil mehrfach – gelesen und mir mit vielen wertvollen Tipps unter die Arme gegriffen hat,
- meinem ehemaligen Kollegen Andreas Breiing, der die Bunkentexte ins Ruhrgebietsdeutsche übersetzte,
- dem Diplom-Grafiker Eric Schrader, der gute Ideen zum Konzept beisteuerte und die Gestaltung übernahm,
- Jürgen Kurschinski, der meine wirren Texte, geschrieben auf einer elektrischen Schreibmaschine, digitalisierte, in ein lesbares Format umwandelte und die fertigen Seiten zur Druckerei brachte,
- der VG Wort, die dieses Buchprojekt förderte,
- dem Käufer, vor allen denen, die es auch lesen werden,
- dem Weinlieferanten Giordano, dessen trockene Rotweine den Schreibprozess begleitet haben.

Zu diesem Buch

Parallel zur Produktion für das Kabarett „Die Buschtrommel" schreibt der Autor seit geraumer Zeit auch Texte für Kollegen und andere Kabarett-Ensembles.

Zum Teil werden sie speziell nach vorgegebenen Konzepten für geplante Premieren verfasst mit Vorgaben wie: Titel, Thema, Darsteller, Charaktere usw.

Welche Texte am Ende genommen werden, das bleibt lange offen, vieles landet statt auf der Bühne in der Schublade, obwohl der Autor sich sicher ist, dass genau diese Texte das Programm geadelt hätten. Sternstunden der Satire blieben unerkannt.

Und finden Texte die Gnade des Regisseurs, dann wird es auch nicht besser:

Ihre Genialität wurde nicht erkannt, oder sie wurden bis zur Unkenntlichkeit verhunzt, ihre filigran geschnitzte Struktur zerstört, der Spannungsbogen untergraben, der krönende Schlusspunkt, auf den sich alles fokussierte, bis zur Beliebigkeit verwässert.

Und dann sitzt der Autor in der Premiere und weint still und heimlich in das mitgebrachte große, karierte Herrenstofftaschentuch.

Erschrocken findet man im Beipackzettel zum Programm seinen vollen Namen. Jetzt versteht man den Sinn von Künstlernamen und Pseudonymen.

Die anschließende Feier wird anstrengend: Man findet alles toll und gelungen, ständig haut einem jemand auf die Schulter, das neue Jackett ist nachher abgewetzt; man weiß nicht, wohin mit den Blumen, schenkt sie hinterher dem Nachtportier, allein nur der Gedanke an die bald fließenden monatlichen Tantiemen lässt einen diesen Abend überstehen.

Auch der nächste Tag ist verdorben, Kümmel im Frühstücksbrötchen, das Rührei kalt und das Aspirin abgelaufen. Auf der Fahrt nach Hause nimmt man sich vor, in Zukunft noch mehr Regieanweisungen einzufügen, zu **_BETONENDE_** Worte nicht nur fettgedruckt und kursiv, sondern zusätzlich auch groß zu schreiben und zu unterstreichen.
Außerdem denkt man wieder einmal nach über ein notariell verbrieftes Vetorecht, aber am Ende siegt das schnöde Mammut, schließlich ist man nicht mehr jung und braucht immer noch Geld.

Hiermit distanziere ich mich von obigem Geschreibsel eines beleidigten verkannten Genies. Ich weiß nicht, was mich da geritten hat, oder war es das Glas Rotwein zu viel? Nein, es war die Freude an diesem Bild, dass mitten in einem begeisterten Premierenpublikum ein weinender Autor sitzt und leidet.
Richtigstellung: Ich habe tolle Premierenabende erlebt: ausgebildete, professionelle Schauspie-

15

ler und Regisseure, die mit tollen Ideen und viel Gefühl die Texte auf den Punkt bringen. Ensembles, die nach endlosen Proben liebevoll einen Abend gestalten, von dem man möchte, dass er nicht zu Ende geht.

Auch das Rührei war lecker, nur das mit dem abgelaufenen Aspirin entspricht der Wirklichkeit.

Von den folgenden Texten sind viele nie veröffentlicht worden, sie wurden aber mit dem gleichen Hirn- und Herzblut und mit Hilfe von viel trockenem Rotwein verfasst.
Beim Schreiben begleitet von vielen Zweifeln (häufig), aber auch der Freude an Ideen und der Kreativität (ja, durchaus) oder sogar vom Rausch der eigenen Genialität (leider selten).
Über ihnen schwebte das Damoklesschwert des Vergessenwerdens in Form einer blauen Tonne, bedroht von nichtsnutzigen Nachfahren, die nichts mehr lesen, das länger ist als eine SMS, und die sich nicht vorstellen können, was für eine Arbeit in diesen Stapeln Papier steckt und ignorieren, dass man auch zum Schreiben die Hände aufkrempeln und in die Ärmel spucken muss.

Dank der Förderung durch die VG Wort bekommen diese Texte doch noch die Chance gelesen zu werden, zu unterhalten, Menschen nachdenklich zu stimmen und zum Lachen zu bringen und ganz eventuell, vielleicht den Autor zumindest posthum berühmt werden zu lassen.
Es handelt sich nicht nur um Texte für die Bühne,

auch eine Rede findet sich oder ein Bewerbungsschreiben, ein Schreiben an das Ordnungsamt der Stadt Münster und ein paar schräge Geschichten, die einfach aus der Lust zum Schreiben entstanden sind.

Viel Spaß!

PS: Auch in diesem Buch versteckt sich ein Opfertext, den ich dem Leser mit voller Absicht untergeschoben habe. Ein Text, der rausfällt, einfach nicht gelungen ist, der nicht hätte sein müssen, platt, unter Niveau...
Es wäre schön, verehrte Leser, wenn wir uns auf denselben Text einigen könnten (es ist übrigens nur einer!).

Das Zeitzeugen-Interview

(Redaktion einer Provinzzeitung; C wird gespielt von einer Frau)

B (steht auf): So, ich muss dann mal los.

A: Hast du einen Außentermin?

B (gequält): Ein Interview mit einem Zeitzeugen, Thema: Als Soldat im Weltkrieg.

C (stöhnt): O Gott, du Armer! - Erster oder zweiter Weltkrieg?

A: Wieso, das müsst ihr ganz anders sehen, das macht doch Spaß! (imitiert einen Senioren): wir hatten ja nichts, das könnt ihr euch heute gar nicht vorstellen, wir hatten ja **nichts**...

C (imitiert ebenfalls): ...und was wir hatten, das war kaputt.

B (steigt mit ein): Wenn wir jemanden besucht haben, mussten wir Holz zum Heizen mitbringen!

C: Ja, diese harten Winter, wir hatten ja keine **Scheiben** in den Fenstern, war ja alles kaputt.

A: Wir hatten nicht mal **Fenster**...

B: ...die hat bestimmt der Russe mitgenommen...

A: ...nee, die Fenster haben wir verbrannt, zum Heizen, es war ja so kalt.

C: Aber, ohne Fenster...

A (zu C): ...wurde es noch kälter, sehr richtig, junger Mann.

C: Und, es sah ja auch aus! Nur Matsch und Schlamm, es sah aus wie in Wacken nach 2 Wochen Regen...

B: Meinst du dieses Heavy Metall-Festival auf dem Acker, wo es immer regnet?

C: Genau. Und alles zu Fuß, Autos gab es ja nicht...

A: ...und die Autos, die es gab, die hatten keine Heizung...

B: ...und keine Fenster.

C: Und das bei diesen harten Wintern! Wenn wir **eins** hatten, dann waren das harte Winter.

B: Du durftest dir nicht ans Ohr fassen, zack-ab das Ohr, abgefroren.

C: Arschkalt, die Winter, und das ist gelinde gesagt.

B: Was hat Gerlinde gesagt?

A: Wenn wir jemand besucht haben, mussten wir Holz mitbringen...

C (genervt): ..ja, zum Heizen.

A (zu C): Sehr richtig, junger Mann.

C (zu A): Ich bin kein Mann, ich bin eine Frau.

A (mustert sie von oben bis unten): Das kann man heute ja gar nicht mehr unterscheiden, früher, da hast du **sofort...**

B (unterbricht A): ...ich dachte, ihr hattet gar kein Holz.

A: Sehr richtig, deshalb haben wir ja auch nie jemanden besucht. (zeigt): Da hinten, da lag der Russe, da vorne stand der Amerikaner und wir **mit-ten-drin**!

C (zeigt woanders hin): Nein, da lag der Russe...

B (zeigt): ...im Februar 45 lag der Russe noch da, im März lag er schon da.

A: ...der Russe, der hat gar nicht gelegen, der ist vorgerückt, mit seiner Leninorgel.

C: Stalin.

A: Was ist mit Stalin?

C: **Stalin**-orgel.

A: Stalin hat Orgel gespielt? Wir hatten ja keine Orgel, wir hatten ja nichts.

B: Und die Orgel aus der Kirche haben die Russen mitgenommen.

A (lacht, hat Spaß): Dabei war die Orgel kaputt, haben die trotzdem mitgenommen, haben die gar nicht gemerkt.

C: Ja ja, das Wenige, das wir hatten, das war kaputt.

A: Und diese kalten Winter, wenn wir jemanden besucht haben...

C (genervt): ...mussten wir selber eine Orgel mitbringen.

A: Sehr richtig, junger – äh, junge Frau.

C: Solche Winter gibt es ja heute gar nicht mehr, das kommt heute von wegen der Umwelt.

A: Umwelt gab es doch damals gar nicht, wir hatten damals doch gar keine Umwelt, wir sind auch ohne Umwelt groß geworden.

B: Aber dann nach 45, da haben wir die Hände aufgekrempelt und haben in die Ärmel gespuckt.

A: Da waren wir noch alle gleich, 40 Mark hatte jeder von uns.

C: Gut, einige hatten noch Immobilien, Grundbesitz...

B: ...Fabriken, Kunstschätze, Devisen, Kontakte...

C: ...aber sonst hatten wir alle nur die 40 Mark!

A: Und 40 Mark, das sind ja heute 80 Euro.

C (wieder ganz normal zu B): Siehst du, Kollege, du brauchst da gar nicht hinzufahren, zu deinem Zeitzeugen.
Du machst jetzt einfach ein Gedächtnisprotokoll von dem, was hier gerade gesagt worden ist.

B (noch als Senior): Sehr richtig, junger Mann, aber...

A: ...aber?

B (grübelt): Gute Idee, aber worüber haben wir denn gerade gesprochen???

Der Sündenbock

(Redaktionsbüro, zwei Redakteure bei der Arbeit)

Redakteur (wählt auswendig eine lange Nummer): Ingo, wir brauchen Dich - dann bis gleich. (legt auf)

Kollege: Und, was hast du gerade auf dem Tisch?

Redakteur: Diese Missbrauchssache, echt eklig!

Kollege: Und, haben wir ein Foto vom Täter?

Redakteur: Nichts.

Kollege: Dann ruf Ingo an, die Nummer steht...

Redakteur: ...habe ich gerade alamiert, ist schon unterwegs.

(Ingo taucht auf))

Redakteur: Ingo, wir brauchen deine Visage.

Ingo: Was habe ich diesmal ausgefressen?

Redakteur: Du hast deine Kinder missbraucht.

Ingo (gelangweilt): Ach, wie neu, wie viele und über welchen Zeitraum?

Redakteur: 9 von 11 Kindern, über 14 Jahre lang, zur Zeit bist du auf der Flucht.

Ingo: Okay, dann schießen wir jetzt gleich die Fotos?

Redakteur: Nicht nötig, wir haben noch Fotomaterial von dem Zugunglück, wo du als Schrankenwärter im Suff eingeschlafen bist, das machen wir schon irgendwie passend.

Ingo: Muss ich noch irgend etwas wissen zu dem Fall?

Redakteur: Ja, du hast deine Kinder außerdem dem örtlichen Missbrauchsbeauftragten zugeführt - und Geld dafür genommen.

Ingo: Okay, was ist mit dem Missbrauchsbeauftragten passiert?

Redakteur: Der wollte sich rausreden, er habe wohl seine Arbeitsplatzbeschreibung falsch verstanden, er war aber nicht mehr zu halten, man hat ihn nach Paderborn weg- genaugenommen hochbefördert.

Ingo: Ich wollte mich sowieso auch bei euch melden, ihr müsst darauf achten, vor zwei Wochen hattet ihr mich schon wieder **zweimal** in **einer** Ausgabe.

Redakteur: Das kann nicht sein (sucht im Computer), ich habe dich hier als „Würger von Würgassen" in der Donnerstagsausgabe, Freitag hast du in Süddeutschland Dutzende mit Ebola infiziert, Samstag (liest ab): „Dieser Mann hat Mineralwasser mit Leitungswasser gestreckt."

Ingo: Nein, das muss Anfang der Woche gewesen sein, obwohl Montag auch nicht, da war ich der Kannibale von Kassel, der sich nicht sattessen kann, dann der magersüchtige 1. Vorsitzende der Veganer Norddeutschlands, mit eurem einfallsreichen Untertitel: „Aber im Swingerclub trägt er nur Leder!"

Redakteur: Dann Deutschlands geizigster Autofahrer...

Ingo: ...mit dem Zitat: „Ich fahre nie los, bevor mein Parkticket abgelaufen ist."

Redakteur: Wie fandest du das Foto von dir in der Wochenendausgabe?

Ingo: Ich mit Maske und den Brettern unterm Arm als „Deutschlands dämlichster Bankräuber?" Ja, da habe sogar **ich** lachen müssen.

Redakteur: Ich hab`s, tatsächlich, Dienstag: „Arztfehler! Dieser Mann kann nach einer Mandeloperation nicht mehr gehen, und er war Steptänzer!" Mit dem Foto, wo du im Glitzeranzug mit Stepschuhen in der Hand im Rollstuhl sitzt, und drei Seiten weiter: „Skandal! Dieser angelernte

Gerüstbauer behandelte mit gefälschtem Doktortitel...

Ingo (fällt mit ein, beide im Chor): „...**hunderte** arglose Patienten gegen Durchfall. Erstaunliche Erfolgsquote."

Redakteur: Ja, Ingo, das tut mir leid, du hast Recht, das darf nicht vorkommen.

Ingo: Und, die Fotos ein **bisschen** unschärfer, ich bin gestern wieder verprügelt worden, weil mich jemand erkannt hat, als den stadtbekannten Säufer, der als Schulbusfahrer 7 Kinder mit in den Tod gerissen hat, die Meute hat erst von mir abgelassen als mich jemand als den Leprakranken aus Leipzig identifizierte.

Redakteur: Das ist Berufsrisiko, wenn Du nicht willst, wir haben genug andere, die wir anrufen können.

Ingo: Okay, okay!

Redakteur: Gut, dass du gerade da bist: nächste Woche bist du Bänker und die rechte Hand von Gerhard Schröders engem Freund Carsten Maschmeyer.

Da schwanken wir noch wegen dem Aufmacher, entweder:

- „Ihm vertrauten Kleinanleger ihr letztes Hemd an", oder

- „Diese katholische Realschullehrerin aus dem idyllischen Allgäu prostituierte sich, um **seinen** Wucherkredit abzahlen zu können", oder

- „Diese Normfamilie verlor wegen ihm ihr Normhäuschen mit Normvordach und DIN-Garage."

Ingo (sehr erregt und laut): Was! Ich ein Bänker! Seid ihr verrückt! Niemals! Das könnt ihr nicht machen! Wenn ihr das macht, dann lass ich alles hochgehen, dann verklage ich euch! Bänker! Maschmeyer! Gerhard Schröder! Das geht mir gegen die Ehre. Niemals, verstanden?

Redakteur: Ist ja gut, Ingo, ist ja gut, komm wieder runter, so habe ich dich ja noch nie erlebt. (Ingo geht ab)

Redakteur (zu sich selber): Schade, Ingo war der letzte, alle anderen wollten auch nicht, na, dann eben ohne Foto.

Besuch bei der Bank

(Bunke im ballonseidenen Trainingsanzug, Gold-
kette und Mc-Geiz-Kappe)

Ich bin´s, der Willi aus Wanne...............

Ich bin jan Kunden, Bankkunden, aber – Willi
hat`ne Privatbank!
Da wirste doch ganz anders behandelt. Da be-
dient dich doch der Boss persönlich.
Nich son umgeschulten Düngemittelvertreter
hinterm Schalter in so´ne AOK-Bank.

Weißte, wenn ich in diesen meinen besten Outfit
da in meine Bank reinlatsche, dann springen die
schon, aber da hörst du nix von! Überall soo dick
Teppich!

Überhaupt, die palavern auch alle ganz leise,
allet total vornehm.

Da iss der Willi unter Seinesgleichen, da weiß
jeden, wat sich gehört.

Die ham auch ganz andere Angebote, soll ich
dich ma`ne Hausnummer sagen? Soll ich dich
ma`ne Hausnummer sagen? Minus 0,2%!!! Ja, da
staunste, datt iss ne Hausnummer!
Minus 0,2%! Die kricht nicht jeden!
Dat iss exkursiv, hat den Berater mich verklickert, nur fürn total beschränkten Kundenkreis!
(ganz stolz) Da gehört der Willi dazu!

Ich hab dann sofort bei´ner annern Bank Kredit

aufgenommen und allet bei meine Bank angelegt
Minus 0,2%!

Da hat mein Berater Bauklötze gestaunt, der hat
schief aus die Wäsche geschielt! Dat hatten die
noch nich! Ja, da musse auch erst ma drauf kommen! (ganz stolz) Jaha, Sternzeichen Fuchs! Akzent Elch!

Aber getz mit diese Finanzkrise, hab ich doch
gedacht, guckste da ma vorbei, frägste ma,
frägste ma, wiet dein Geld so geht. Frägst de ma,
mehr als kaputt kloppen könn'se dich nich.

Und mich schon gar nich!
Willi hat es ja nich nur hier (präsentiert seinen
rechten Bizeps)! Willi hat es auch da (präsentiert
seinen linken Bizeps)!

Ich direkt zu diesen Filialleiter, will mal in sein
Tresor, mein Fach sehen, mein Fach mit mein
Namen, mit mein Geld drin.

Sagt der (ganz gestelzt): „Entschuldigen Sie,
Herr Willi, aber Sie haben in diesem unserem
Hause kein Fach, das gibt es hier so nicht."

Da hab ich mich doch ers ma voll auf'n Arsch gesetzt. „Wie gibbet nich"! saggich für ihn, „oder
meinste mein Geld is gerade außer Haus, tachsü-
ber, auf Maloche, (erklärt dem Publikum) Geld
muss ja arbeiten, von nix kommt nix." „Wann
kommt datt denn zurück, dann wart ich hier so-

lang, krieg ich hier`n Pilsken?"

„Nein, wir haben uns in diesem Punkte wohl
missverstanden, wir haben hier im Tresor kein
Fach mit Ihrem Namen,so ist unsere Bank nicht
strukturiert",
sagt da dieser Gepuderte, dieser Studierte, dieser Hansel ohne Gretel!

Dann hatta watt von Stresstest gefaselt, ja, was
interessiert mich denn, ob den Stress hat, wenn
mein Fußballverein zweistellig die Bude voll
kriegt, dat iss Stress, dat is richtig Stress!

„Es steht Ihnen jederzeit offen, an eine beliebige
Direkt-Bank zu wechseln", sagt dieser Parfümier-
te.

„Ey, Männecken, ich will jetzt direkt mein Geld
sehen", hab ich den Plattkopp verklickert, „und
nicht nur die obersten Scheine, ich will das richtig durchblättern, verstehste? Ja, ich kenn doch
eure Tricks, ja, ich kenn doch eure Tricks - ausm
Krimi: Den Schein trügt, nur den obersten iss
echt, und da drunter allet Zeitungspapier. Habbich doch schon tausend mal gesehen!
Nich mit mich, nich mit Willis Mutta ihrn Sohn, da
musst du früher aufstehen, du Witzfigur, du Voll-
pfosten."

Da bin ich mal richtig laut geworden, damit den
auch weiß, mit wen er es zu tun hat:

31

„Wenn ich mein Geld nich krich, **dann** krichst du Stress, dann krichst du **doppelt** Stress, dann tret ich dich im Arsch rein, das schwör ich dich nackend inne Hand rein, da kannste mich abba für angucken."

Ja, **kenn** ich diesen Hampelmann? Weiß ich aus welche Familie den kommt? Vielleicht ausm Neubaugebiet! Vielleicht iss der nur auf Bewährung draußen.

„Solange ich denken kann – und dat iss noch nich soo lange, da bin ich hier schon en Kunde, mein Vater und Großvater war`n schon Kunde als deine Bank hier noch Rothschild und Dreyfuß hieß!"

Dat mit mein Alten, dat hat den wohl gewusst, da habbich wohl den richtigen Ton getroffen, da hat der mich sofort nach ganz hinten in sein Bürro gezogen, und da hat er allet komplett umgeschichtet:

Son Angebot von der Deutschen Bank: dat is so gut, hat er gesagt, da haben die Banken in Deutschland schon mehr als 10 Milliarden (!!!) dran verdient!

50% auf Griechenland, leihe ich denen und, und: gleichzeitig den ganzen Rest, also so grobb 60% allet auf sonne Art Wette, auchn Angebot von der Deutschen Bank, dass de diese Staatsanleihen verbrennen kannst.

Jetzt bin ich beruhigt, Bombensicher, hat er gesagt!

Weil mit eins macht den Willi auf jeden Fall kein Gewinn und mit dem andern kaum Verlust.

Und am Ende hat den noch gesagt. „Herrn Willi, Sie haben nichts mehr zu verlieren!"

Diesen letzten Satz hätte sich mein „Berater" einer in der Stadt Münster stadtbekannten Kasse sparen können.
Eine Kasse, bei der ich leider mal eine Riesterrente abgeschlossen habe.
Tröstlich an dieser dummen Aktion private Rente ist nur die bekannte Tatsache, dass mein Geld ja nicht weg ist, sondern nur jemand anders hat.
Weil die Kasse sich anscheinend im rechtsfreien Raum wähnt, bleibt mir nur die Klage, und dazu suche ich übrigens noch Mitstreiter.

Fetzen I

Ein Blick durch die wilhelminische Brille auf den Vormerz, das Angelikanische Zeitalter.

Brüssel hat recht, die Menschen in Fukushima und Tschernobyl können es bestätigen: Atomenergie ist nachhaltig.

Wahnsinn, jetzt auch bei Schweinen.

Warum sind Erfolge immer dünn und Enden immer dick?

Der Traum jedes Übergewichtigen: der Waschbrettrücken.

Impfgegner fordern freien Zugang auch zu Pocken, Pest und Lepra.

Dolmetscher von Olaf Scholz fristlos entlassen, er schlief bei der Arbeit immer ein.

Wenn es lange gut ging, ist das noch lange kein Grund, warum es in Zukunft nicht besser werden soll.

Gerhard Schröder wurde 2004 verkürzt wiedergegeben, das bekannte Zitat lautet vollständig: „Putin ist ein lupenreiner Demokrat und ein lupenreiner Pazifist".

Moorbäder für Kassenpatienten

(zwei Rentner im typischen Rentneroutfit)

Ich könnte mich krank ärgern!

Das lass mal lieber, bei unserem Gesundheitssystem.

Gesundheitssystem, ich kann es schon nicht mehr hören.

Dann setzt doch dein Hörgerät auf. (zum Publikum) Er ist ja der Einzige von uns, der die Frauen versteht, er hat ein Hörgerät.

Sei du froh, dass du Alzheimer hast.

Wieso?

Dann ärgerst Du Dich nicht solange.

Über wen oder was?

Über unser Gesundheitssystem, das ist doch eine einzige Baustelle und das bei der zunehmenden Überalterung unserer Gesellschaft.

Ja, die ganze Bevölkerungspyramide steht ja Kopf.

Kein Wunder, dass einem nur Arschlöcher begegnen.

Seit Corona geht es noch schneller aufwärts mit den Arztgehältern, den Pharmaprofiten...

...aber auch für die Kassenpatienten (Blick gen Himmel)
Wer sagt das mit den Arztgehältern?

Das buddhistische Standesamt.

Du meinst das Statistische Bundesamt.

Jaa, alle im Publikum wussten, was gemeint war. Vorbei die Zeiten, wo Zahnärzte in der Fußgängerzone saßen...

...vor dem buddhistischen Standesamt...

...mit einem Pappschild um: „Zahnarzt bittet um milde Gabe".

Stimmt, und dann lagen da 15 Euro im Hut und sieben oder acht Gebisse.

Apropos Gebisse, haben Sie schon gehört? Neue Sparmaßnahme: Gebisse gibt es bald nur noch geliehen, und nur noch in drei Standartgrößen: Mann, Frau und Überbiss.

Ja, für uns Kassenpatienten wird es nicht besser. Mit über 70 kriegst du bald gar keine Medikamente mehr verschrieben!

Das hat aber den Vorteil: Du stirbst wieder eines

natürlichen Todes.

Wie sagte Jens Spahn noch? Wer gesund lebt, ist nicht so krank, wenn er stirbt.

Ganz früher, da durfte der Arzt das Bett des Kranken erst verlassen, wenn der Patient wieder gesund war.

Ich erinnere mich noch an Hausbesuche!

Du! Erinnern! Später schleppte man sich mit einem Beinbruch und einem geplatzten Blinddarm in die Arztpraxis - und zog erst mal eine Wartenummer!

Dauert nicht mehr lange, dann kommst du als Kassenpatient mit einem geplatzten Blinddarm in die Praxis, und dann ist das glatter Hausfriedensbruch!

Als Mitglied der gesetzlichen Krankenversicherungen gehörst du inzwischen zur Kasse der Unberührbaren!

Seit Jens Spahn auf der Spiegelbestsellerliste ganz oben:
„Jetzt helfe ich mir selbst – operieren für Anfänger"!

Bei Hornbach und Obi verkaufen die inzwischen mehr OP-Bestecke als Stichsägen!

Die Volkshochschule hier in Münster hat jetzt einen neuen Kurs angeboten: „Zahnersatz selbst gemacht". Die hatten Dutzende von Anmeldungen!

Das war aber auch ein Scheiß Kurs (zeigt seine schlechten Zähne). Und das war der Fortgeschrittenenkurs! Aber nächstes Mal kriege ich die in Weiß.

Da kriegt der Spruch: „Nichts mehr zu beißen haben" eine ganz neue Bedeutung.

Als Kassenpatient werden Sie in Zukunft gar nicht mehr operiert!

Da retuschieren die ihr Röntgenbild, photoshoppen nennen die das...

...und dann zeigen sie dir dein neues Röntgenbild, sagen: „das haben wir doch super hin gekriegt" und schicken dich als geheilt nach Hause!

An den Operationstischen stehen dann auch keine teuer ausgebildeten Krankenschwestern mehr, da stehen die Schlecker-Frauen.

Früher brauchtest du als Chirurg eine umfassende Qualifikation, in Zukunft reicht es, wenn du jemand kennst, der bei einer OP gestorben ist.

Wenn Sie es tatsächlich mal auf so einen OP-

Tisch schaffen sollten, dann nehmen Sie bloß genug Kleingeld mit...

...ja, alle 5 Minuten müssen Sie zwei Euro nachwerfen, für die Herz-Lungenmaschine, Anästhesie, Licht, Strom, Heizung.

Anästhesie wird doch von einzelnen Kassen jetzt schon nicht mehr bezahlt!

Die Krankenhäuser haben schon flächendeckend diese Beißhölzer angeschafft.

Watte, Tupfer, Verbandsmaterial, sogar die Fäden zum Vernähen benutzen die in Zukunft mehrfach!

Obwohl, Verbandsmaterial wird meines Erachtens überschätzt, als die mich nach meiner letzten OP endlich verbinden wollten, da war die Wunde längst verheilt.

Ich würde mich sowieso nicht mehr operieren lassen, ich weiß doch, wie das bald abläuft: Da gehst du mit deinem Knie ins Krankenhaus, wachst nach der OP wieder auf – und die haben dich komplett ausgeweidet: Herz, Leber, Lunge, Nieren, Augennetzhaut, alles weg.

Da guckst du aber, da guckst du aber.

Das nehmen die als erste kleine Anzahlung für die OP-Kosten.

Es heißt ja jetzt schon in unserem ganzen Gesundheitssystem: Spahn, Spahn, Spahn.

Hier, unser Kumpel Jupp, der ist neulich in unserer Stammkneipe...es war so gegen 2 Uhr, oder?

Ja ja, gegen 2 Uhr.

Da ist der ohne jeden Grund einfach ins Koma gefallen...

...der musste selber...mit dem eigenen Wagen zur Notaufnahme fahren!

Und zur Wiederbelebung, da haben sie ihm die Rechnung vor die Nase gehalten, der stand **senkrecht** im Bett! Aber so was von senkrecht!

Und, was der erzählt hat, von den Zuständen da im Krankenhaus!

Da kreist die Flasche, da wird gesoffen, Alkoholexzesse im OP-Saal...

...und bei den Patienten ja auch!

Ich kenne einen Chirurgen, wenn der näht und trinkt - und der trinkt immer – dann produziert der nur Laufmaschen.

Also früher war alles besser.

Da war ja auch Krieg.

Apropos Krieg, das Sterbegeld hat Rot – Grün damals schon gestrichen.

Wie, wenn ich jetzt den Löffel abgebe, dann kriege ich keinen Cent?

Keinen einzigen Cent! Deswegen ja auch die Überalterung, nicht mal das Sterben kann man sich noch leisten.

Da muss man doch was tun!

Genau, wir treten demonstrativ in den Sterbestreik.

Das haben die da oben davon!

Ich beiße erst wieder ins Gras, wenn es wieder Moos dafür gibt.

Ja, und deshalb nie wieder Moorbäder! Nie wieder Moorbäder!

Nie wieder Moorbäder! Was für Moorbäder?

Hat mir mein Hausarzt empfohlen.

Und das soll helfen gegen Alzheimer?!

Nee, aber so könnte ich mich als Kassenpatient schon mal an die feuchte Erde gewöhnen.

Die Wegbeschreibung

(Darsteller sitzt auf einem Stuhl und bekommt einen Anruf)

Ja, Jupp, wo steckst du? Ich sitze hier seit einer Viertelstunde im Extrablatt und warte auf dich.

Wie du auch, kann nicht sein. **Im** Cafe oder draußen?

Moment, sorry, es gibt bei uns zwei Extra- äh, -blätter, aber nicht weit auseinander, kein Problem.

Du, ich habe gerade überlegt, wie lange haben wir uns nicht gesehen, 8 oder 9 Jahre?

Und dann du zufällig in Erfurt!

Pass auf, ich beschreibe dir den Weg: Du siehst vor dir SinnLeffers, dann eine Spielhalle, da war mal eine gute Buchhandlung drin, gehst dran vorbei, H&M, New Yorker, auch vorbei, dann kommt eine Sparkasse...

...die haben mich mit der Riesterrente so was von über den Tisch gezogen! Ich kriege weniger raus, als ich selber eingezahlt habe.

Was? Du auch? Genau wie Millionen andere auch, also Sparkasse links liegen lassen und meiden.

Jetzt siehst du schon vor dir diese absolute Bausünde...

....Karstadt, genau, ach, bei euch auch?

Zwischen Prime Markt und einer Spielothek hälst du dich rechts, dann kommt rechts S-Oliver, dann Esprit, da war mal eine Buchhandlung drin, wo bist du jetzt?

Runners Point? Dann bist du zu weit, zurück zu Esprit, daneben eine Filiale des organisierten Verbrechens, gehen Sie nicht über Los, gehen Sie direkt ins Gefängnis...

...genau, Deutsche Bank, rechts liegen lassen, und jetzt **hinter** der Spielhalle müsstest du neben Street One das Extrablatt schon sehen, noch 2 Minuten, altes Haus!

Was? Siehst du nicht? Gut, die Spielhalle ist etwas dominant, aber **daneben**, zwischen Kik und...

...C+A? **Nein!** C+A, das ist an einer ganz anderen Ecke...

...Takko? Takko, das ist auch woanders, gut, da stand was leer...

...genau, war eine Buchhandlung drin, aber so schnell, jetzt ist da schon Takko drin?

Siehst Du einen Straßennamen?

Erwin Mustermann-Weg? Gibt es nicht, sag mal (lacht) bist du sicher, dass du in Erfurt ausgestiegen bist?

Was, Herford?! Herford! (laut) **Jupp,** das darf doch nicht wahr sein!!!

Der Comedian

(Stand up, grelle Jacke, Mütze mit Schirm nach hinten.
Kursiv Gedrucktes sind Reaktionen auf oder Fragen an die Regie, die nicht sichtbar irgendwo schräg oben angesiedelt ist)

(stolz, arrogant) Regie? 16 Uhr 30, Probendurchlauf ich.

Regie: Wer ist ich?

Ich bin der Comedybeitrag drei, als dritter komme ich, Dauer: 8 Minuten 24 und zwar genau um 20 Uhr 39. So steht es auf meinem Ablaufplan für heute Abend. Habt ihr mich gefunden, können wir meine Nummer jetzt zusammen durchgehen? Okay? Cool!

Super! Also, ich bin hinter der Bühne, ich kriege ein Zeichen von euch, dass ich dran bin, dann tänzele ich auf die Bühne, schüttele die Haare...

Regie: Warum?

Was warum? Das mache ich immer so.
Dann bringe ich gleich zu Anfang was Schlüpfriges, voll unter die Gürtellinie erst später und dann direkt den Hammergag mit der Handtasche von meiner Uschi, dass die da nichts drin findet, dann habe ich das Publikum schon im Sack.

Wichtig, dass ihr da das Lachen vom Band voll dazu beisteuert, und fürs Fernsehen schwenkt ihr dann auf die lachenden Leute.

Regie: Welche lachenden Leute?

Habt ihr doch in der Retorte, weiß ich doch, ja, geil!
Dann kommt so was Zweideutiges, Erotisches und dann schiebe ich sofort den nächsten Hammer hinterher: ich bringe zwei Sätze wie Udo Lindenberg.

Regie: Warum?

Das mache ich immer an der Stelle, dann denken die Leute, ah, parodieren kann der auch. Steht ja auch in meiner Vita: Comedian, Imitator, Sänger, Schauspieler, Rapper, Jongleur, Frauenversteher, Alleinunterhalter, Zauberer, Entertainer, Tänzer usw.

Dann zieht ihr wieder das Lachen voll hoch **und** den Applaus voll hoch, und direkt nach dem Udo Lindenberg brauche ich so ein anerkennendes, staunendes Raunen.

Regie: Woher?

Ja, vom Band, wo soll das sonst herkommen? Das werdet ihr doch haben? ....Habt ihr? Gut.

Ich habe auch noch zwei Sätze Reich-Ranicki und

sogar **drei** Sätze Grönemeyer drauf, so wie die anderen Kollegen auch, aber das hebe ich mir für morgen auf. Ich darf ja mein Pulver nicht alles schon heute verschießen.

Dann haue ich sofort den nächsten Hyper-super-mega-Euro-Giga-Gag raus, zur Abwechslung mal was Schlüpfriges, da blendet ihr dann so ein hohes Frauengekreische ein.

...Ja, auch voll.

Damit die Leute mir nicht von der Stange gehen ...das ist ja geil! Damit die Leute mir nicht von der Stange gehen, ey, das ist geil ...und das ist **neu**, den Gag kannte ich noch nicht, und der ist von mir! Was ich da doch manchmal raus haue! Ei, das ist ja der Hammer!

Aber den muss ich ganz gezielt einsetzen, den hebe ich mir auf für die große Comedy Fernsehgala, das wird **der** Abräumer!

Ei, völlig neu, den hatte – glaube ich - noch keiner!

At last setze ich dann noch was drauf mit was voll Erotischem, diesen Witz mit dem Mann beim Frauenarzt...

Regie: ...welcher Witz?

Beim Frauenarzt, gibt es da noch einen zweiten von?

Der Witz ist gut, den bringt Mario Barth jeden Abend.

Ach, der hat ihn von Fips Asmussen, ja ja, und? Ist doch egal. Das ist ursprünglich – glaube ich – alles von Fips Asmussen.

Und wichtig, den Applaus voll, also eigentlich das Lachen und den Applaus immer voll hochziehen.

Dann schwenkt ihr auf den Zuschauer mit der nassen Hose, und zoomt den richtig nah ran.

...welchen Zuschauer?

Den mit der nassen Hose, hat Bülan Ceylan mir erzählt, hat sich doch netterweise einer von den Beleuchtern zur Verfügung gestellt, damit die Leute denken, da hat sich jemand vor Lachen bepisst.

Hat der Rundfunkrat gestrichen? Schade, Mist, total schade... aber egal.

Und dann nach ein paar voll krassen Sexgags als Finisher noch was voll Politisches, die Sache mit Angela Merkels Pottdeckelfrisur.

Was, hat sie nicht mehr? ...Schon lange nicht mehr? Die ist auch gar nicht mehr im Amt?

Ja, aber ich kann ja jetzt nicht meinen Texter anrufen. Und selbst wenn der da sofort noch was Neues raushaut, da muss ich mich ja umstellen! Ach komm, das kommt schon, das funktioniert und wenn nicht, dann lache ich an der Stelle selber...

...*ja, wie Dieter Nuhr* – dann wissen die Leute auch, dass da eine Pointe ist.

Was? *Soll ich immer so machen? ...Damit ihr von der Regie auch wisst, wo die Pointe ist?*

Kein Problem!

So machen wir es. Das wird voll super! Ich werde voll abräumen!

(lacht im Abgehen) Dass die Leute mir nicht von der Stange gehen, ha!

Paul Traurig erzählt

Die Nordkoreanische Atombombe

(Märchenerzähler mit einem dicken alten Buch; schraffierte Erläuterungen im „Sendung mit der Maus" Duktus)

Liebe Kinder, ich bin euer Paul Traurig, und ich werde euch jetzt ein wahres Märchen über einen bekannten Politiker vorlesen.
Und ihr, liebe Kinder, ihr dürft euch aussuchen über welchen Politiker ich euch vorlesen soll. So könnt ihr schon ganz früh lernen, dass ihr in unserer Demokratie alles mitbestimmen dürft.
(fragt das Publikum, ignoriert dann die Antworten)
Also, die große Mehrheit ist für Kim Jong Un.
Ein leider wahres Märchen über einen kleinen Mann mit einer ganz lustigen Frisur und... einer großen Atombombe, über den großen Führer von Nordkorea Kim Jong Un.
Und es ist ein Märchen über weise amerikanische Politiker, ein Märchen über einen kleinen pakistanischen Praktikanten, der zum Milliardär wird, und über die deutsch-holländische Firma Urenco, die in Gronau und Almelo ganz gefährliche Atomfabriken hat.
Liebe Kinder, den kleinen Mann aus Nordkorea kennt ihr vielleicht aus den Nachrichten. Da zeigen die manchmal, wie eine Rakete in den Himmel steigt, und dann kommt so ein kleines Männlein im schwarzen Anzug ins Bild, und das freut sich ganz doll, und um ihn herum stehen seine

höchsten Generäle, die ganze Brust voller bunter Orden, und die müssen sich auch ganz doll freuen und mit ihren kleinen Patschehändchen so komische Geräusche machen, ganz süß.

Und danach zeigen die in den Nachrichten auf der anderen Seite vom großen Ozean einen hässlichen, dicken Amerikaner, der hat auch eine ganz lustige Frisur, aber **der** ärgert sich ganz doll und schimpft und droht: Er würde Nordkorea zurück ins Mittelalter bomben, dabei stecken die da noch im Mittelalter, und er beschimpft das Land als Insel des Kommunismus, dabei ist Nordkorea gar keine Insel.

Liebe Kinder, **ihr** wisst das alles, aber der dicke, hässliche Amerikaner, der weiß das alles nicht, weil er keine Bücher liest und immer nur Fernsehen guckt. Lasst euch das eine Warnung sein.

Und Kim Jong Un, der große Führer von Nordkorea del dloht zulück: ich tlet dich im Alsch lein, ich poliel dil die Flesse, ich leiß dil die Eiel ab.

In der Sprache der Diplomaten heißt das: „Die Atmosphäre ist nicht frei von Misstönen."

Und beide behaupten: „Der andere, der hat angefangen", aber das kennt ihr ja aus der Schule, aus der großen Pause.

Wie das alles **wirklich** angefangen hat, das erzähle ich euch jetzt.

Es war einmal im Jahr 1989, da suchte die Firma Urenco einen Praktikanten für den Kopierraum. („Sendung mit der Maus" – Duktus)
Kopieren, liebe Kinder, das ist ein unangenehmer

und ungesunder Job, vor allem damals bei der
Urenco.

Die hatten nicht einmal ein Fenster im Kopierraum! Ja, was da kopiert wurde, das war soo ge-
heim, da hatten die sogar Angst, dass vielleicht
jemand aus dem Weltraum mit dem Fernrohr
darauf gucken könnte, deshalb hatten die da ext-
ra kein Fenster.

(Maus) Ja, und da haben die USA der Urenco einen
netten, sympathischen jungen Ingenieur aus Pakis-
tan empfohlen. Der hatte studiert und war eigent-
lich völlig überqualifiziert, aber er hat trotzdem
den Job angenommen.

Und der hat dann in Gronau und Almelo 4 Jahre
lang kopiert, kopiert, was das Zeug hielt
(geheimnisvoll) - und dabei auch ganz viel - für
den Eigenbedarf!

(Maus) Dieser Praktikant hieß übrigens Kadir Khan
und lebt heute als hoch angesehener, reicher
Mann in Islamabad, das liegt in Pakistan...

...nein, nicht Olli Kahn, das ist jemand ganz an-
deres. Dr. Abdul Kadir Khan heißt unser Praktikant und was meint ihr, liebe Kinder, wie ist der
soo reich geworden?

Die Amerikaner behaupten: „Der hat in Pakistan
den allerersten Kopie-Shop eröffnet, Motto: alles
pleiswelt und luckzuck wie olginal"...

...aber das ist gelogen...

...nein, der hat keinen Kopie-Shop eröffnet, der
hat seine ... **Kopien...** verkauft! Und sein Wissen,
und seine Kontakte.

Die Amerikaner, die wollten ein atomares Gegen-
gewicht zur Atommacht Indien, und so haben sie

Abdul Khan etwas geholfen, auch als ihn die Nie-
derländer – das sind die, die noch schlechter Fuß-
ball spielen als wir - in Holland wegen Geheim-
nisverrats vor Gericht stellen wollten.

Da haben die Amerikaner den Holländern ganz
massiv gedroht, und da haben sie ihn doch lieber laufen lassen.

Abdul Khan, der hatte sogar Kopien von den Kopien gemacht und hat sie nach Syrien, dem Iran
und und? Und? Was meint ihr? Wohin noch?

Nach - Nordkorea verkauft!

Nordkorea war aber ein ganz armes, unterentwi-
ckeltes Land, das konnte alleine gar keine Atombombe bauen, da haben sie die **ganze Welt be-
logen** und haben überall erzählt, sie wollten Orchideen züchten.

Für Orchideen braucht man aber ganz speziellen
Dünger, für diesen Dünger braucht man ganz spe-
zielle Zentrifugen, so ähnlich wie die in Gronau
und Almelo bei der Urenco.

Und so haben Firmen aus Deutschland, Holland
und der Schweiz alles nach Nordkorea geliefert,
alles, was die für ihre Orchideenzucht haben
wollten, und weil es ja für landwirtschaftliche
Zwecke war, hat unsere Bundesregierung auch
alles schön genehmigt.

So kam Nordkorea schließlich zu einer eigenen
Orchideenzucht, aber die Nordkoreaner waren
immer noch nicht zufrieden: Wenn man die Orchideen auf dem Landweg oder auf dem Schiff
ins Ausland schaffe, dann seien die ja schon ver-
blüht, wenn sie ankämen, man bräuchte Raketen
zum Verschicken.

Das haben auch alle eingesehen, und da haben alle geholfen und Kim Jong Un alles verkauft, was er für seine Raketen brauchte. Und so können die heute ihre (verschmitzt) - „Orchideen" - mit Raketen bis nach Amerika schicken.

Und wenn die beiden mit den komischen Frisuren nicht irgendwann auf den Roten Knopf drücken, dann streiten sie sich auch in Zukunft noch.

Und nächste Woche, liebe Kinder, da lese ich euch wieder ein wahres Märchen vor, und ihr könnt wieder entscheiden, über wen oder was. Da geht es dann um den Atomausstieg, den das Merkel damals - ganz zufällig - so schlecht geplant hat, dass die Steuerzahler heute der Atomindustrie Milliarden Eurotaler Schadensersatz zahlen müssen.

Die Perspektive

(monoton, Rücken an Rücken auf Stühlen,
„Hornbach und Melcherstraße" lebhaft nach vorn)

A: Das Wetter ist schön.

B: Die Sonne scheint.

A: Keine Wolke am Himmel.

B: Mir ist kalt.

A: In den USA hat man kürzlich das erste wolllose Schaf gezüchtet und die erste kernlose Erdnuss.

B: Es gibt für Behinderte jetzt Gliederprothesen, die sich vom Gehirn steuern lassen.

A: In Australien hat man ein **Super**-Placebo entwickelt.

B: Wäre es nicht sinnvoller, wenn sich auch Nicht-Behinderte vom Gehirn steuern lassen würden?

A: Stattdessen... A+B:... baden sich Armleuchter im Flutlicht.

B: Heute: Überall und nirgends zu sein, gilt als Standortvorteil.

A: Bildungslücken heißen Wissensvorsprung.

A: Die Summe aller Rückschritte nennt man Fortschritt.

B: Von der Hand in den Mund zu leben, gilt als private Altersvorsorge.

A: Die einzigen Blumen, die auf Beton blühen ...

A+B (im Chor)...sind Neurosen.

A: In Deutschland sind inzwischen über 2 Millionen Navigationsgeräte in Gebrauch...

B: ...man hat den Eindruck, die Menschen werden immer orientierungsloser.

A: Innerhalb von Sekunden rechnet dir so ein Navi aus, wie weit es ist, bis...Stadtlohn.

B: Ja, es ist gut, wenn der Mensch noch so etwas wie ein Ziel hat im Leben.

A: Und wenn der Weg das Ziel ist?

B: Und wenn das Ziel weg ist?

A: Meine Anna ist immer noch arbeitslos...

B: ...mein Fritz hat Burn Out, völlig überarbeitet.

A: Schon über 40 Bewerbungen...

B: ...seit 8 Monaten ist er auf Kur.

A+B: Das wird nichts mehr.

B: Bei Hornbach haben sie jetzt Stichsägen im Angebot...

A: ...eine Pendelhubstichsäge, mit Koffer und 5 Sägeblättern!

B: Und 20% Rabatt...

A: ...außer auf Tiernahrung...

A+B: Wie die das hinkriegen?!

B: In der Nachbarstraße, ein Säugling, verhungert und dann verscharrt.

A: Eine alte Frau haben sie erst nach 6 Wochen gefunden.

B: Jetzt suchen Polizei und Jugendamt nach möglichen Geschwistern.

A: 79 Jahre alt, die Frau muss doch Verwandte haben.

A+B: Wenn Dich keiner vermisst.

A: Die Melcherstraße wird jetzt verbreitert.

B: Da müssen viele Bäume weichen.

A: Einen Radweg wird es auch geben...

B: ...und Parkbuchten, ganz viele Parkbuchten.

A+B: Das wurde aber auch Zeit.

A: Noch am Boden liegend haben sie auf den Mann eingetreten.

B: Gefesselt, geknebelt und vergewaltigt haben sie die junge Frau.

A:. Fünf gegen einen, der sah aus!

B: Drei ganze Tage lang, immer wieder vergewaltigt.

A+B: Nur weil sie Ausländer sind.

B: Das Wetter ist schön.

A: Die Sonne scheint.

B: Keine Wolke am Himmel.

A+B: Mir ist kalt.

Eine Rede – Münster bekennt Farbe

2007 hatte ich die Ehre, zur Eröffnung des interna-
tionalen Wettbewerbes „Entente Florale" vor 250
geladenen Gästen im historischen Rathaussaal in
Münster eine Rede halten zu dürfen.
Angekündigt wurde ich ganz seriös als Sprecher
der Deutschen Blumenwirtschaft (DBW).

Sehr geehrter Herr Oberbürgermeister ...
Sehr geehrter Herr...
Sehr geehrter Herr...
Sehr geehrte Jury, sehr geehrte interessierte An-
wesende!
(sehr süßlich) Sehr geehrte Frau Schulte-
Wermeling!!!

Ich fühle mich geehrt und bin auch ein bisschen
stolz, dass Sie **mich** eingeladen haben, sehr geehrte Frau Schulte-Wermeling, hier heute vor
erlesenem Publikum ein Grußwort sprechen zu
dürfen und möchte die Gelegenheit nutzen, ein
paar Gedanken zur „Entente Florale", zu aktuel-
len Entwicklungen und auch ein wenig - kon-
struktive Kritik - zu äußern.
Eine Goldmedaille für die Stadt Münster! Und
jetzt als Bundessieger für den europäischen
Wettbewerb nominiert!
Glückwunsch nach Münster und wir von der
DBW, der Deutschen Blumenwirtschaft drücken
Ihnen den – grünen - Daumen!

Ich sehe auch schon hier im Saal, der Wettbewerb hat bereits jetzt deutliche Spuren hinterlassen, ich sehe hier so manche farbige Krawatte, nach der zu greifen sich bis vor kurzem in Münster noch niemand getraut hätte.

Lassen Sie mich meine Laudatio mit einem netten Bonmot beginnen, das mir Frau Schulte-Wermeling neulich mit ihrem unnachahmlichen Charme nahe brachte:
Treffen sich zwei Planeten, fragt der Eine: „Wie geht's?" „Schlecht", sagt der andere, „ich habe Homo Sapiens." „Oh", sagt der Erste, „keine Angst, das geht vorbei."

Sie fragen sich jetzt vielleicht, wo ist der Zusammenhang?
Geduld, sage ich Ihnen, das hören Sie gleich.

„Münster bekennt Farbe" haben Sie Ihre **äußerst erfolgreiche** Kampagne genannt, dahinter verbirgt sich **viel mehr** als man auf den ersten Blick vermutet:

- Durchgrünung der Stadt, (übrigens ein bemerkenswertes Vorhaben für eine schwarz-gelbe Ratsmehrheit) kleiner Scherz, muss auch manchmal sein, Durchgrünung der Stadt, das bedeutet Umweltschutz.
- Aktives bürgerschaftliches Engagement, das bedeutet Demokratie von unten! Sozusag von der Grasnarbe – schon wieder ein kleiner Scherz.

Ich verkünde Ihnen ja kein Geheimnis, **wenn** ich feststelle, dass **wir** die heutige Wissensgesellschaft nur zukunftsfest machen **können, wenn es uns gelingt**, Innovationen **nachhaltig mit** den ökonomischen und ökologischen Realitäten zu versöhnen und zwar nicht **gegen** sondern **mit** dem Bürger, dem oben genannten Homo Sapiens.

Wir von der DBW...da fällt mir gerade auf, müsste das heute nicht Hetero Sapiens heißen?

Wir von der DBW möchten Ihnen unsere Hilfe anbieten, wir, äh, ich komme gerade von der 25. IPM aus Essen, der Internationalen-Pflanzen-Messe, eine rundum gelungene Messe übrigens, und ich habe von dort eine Menge Eindrücke, Anregungen und Inspirationen mitgebracht:

105 Euro! Meine Damen und Herren, 105 Euro hat der Bundesbürger im Jahre 2005 im Schnitt für Schnittblumen ausgegeben! Tendenz steigend! Rosige Aussichten, möchte man meinen! **Aber**, an dieser Stelle fragen oft kritische Stimmen, übrigens vorwiegend aus Osnabrück: „Hätte man das Geld nicht für einen besseren Zweck verwenden können?"
Ja, ich gebe zu, die Mehrheit im Vorstand der DBW wünschte sich **auch** - einen verstärkten Trend hin zur nachhaltigeren Topfblume und Ballenpflanze.
Ich will an dieser Stelle **nicht** verschweigen, dass uns, dem DBW von m.E. **notorischen Berufsnörglern** –übrigens vorwiegend aus Osna-

brück - **schwere** Vorwürfe gemacht werden, wir
hätten in der Vergangenheit:

- einseitig auf Mimosen und Narzissen und
  vor allem auf Moos gesetzt,
- manchen hoffnungsvollen Spross ver-
  trocknen lassen,
- wir hätten **wie die Axt im Walde** nach
  dem **Rasenmäherprinzip** einen **geisti-
  gen Kahlschlag** vorgenommen und
- wir hätten uns, **ZITAT: „...um jede ge-
  meine Pissnelke gekümmert** und dabei das große Ganze aus den Augen verloren".

Das ist nicht meine Sprache! Meine Damen
und Herren! Gegen **diese** Vorwürfe muss ich
mich **entschieden** wehren!
Die Nelke, die Lieblingsblume von Elke, äh, von
Frau Schulte-Wermeling!
Ich kann Ihnen sagen: Wir waren beide sehr be-
troffen.
Da kann ich nur erwidern: Wer die Elke nicht
ehrt...wer die Nelke nicht ehrt, ist die Rose nicht
wert!

Ach, was stört es die Deutsche Eiche, wenn ein Osnabrücker, ein niederer Sachse sich an ihr reibt.

Wenn Sie letzte Woche in Essen auf der **Interna-
tionalen Pflanzen Messe** dabei gewesen wären,
wenn Sie diese greifbare Aufbruchstimmung erlebt hätten!

63

Das straft alle diese Vorwürfe Lügen:
Weg von Geranien, Vergissmeinnicht und Män-
nertreu, hin zu einem Mix der Kulturen!
Es gab geradezu kecke Steck-Arrangements!
Man sah Mut zur Farbe!
Keine Scheu vor Pflanzen mit Migrationshin-
tergrund!
In Augenhöhe mit fleischfressenden Pflanzen!
Zu den Blumen des kommenden Jahres wurden
die grazile Nieswurz und die bezaubernde Pim-
pernuss feierlich gekürt!

Kienbaum-Gutachten, Pisa I, Pisa II, überall wird
geklagt über das deutsche Bildungssystem, ich
kann Ihnen versichern: den **deutschen Baum-
schulen** - geht es **hervorragend!**

Aber....das hat auch seinen Grund: **WIR** haben
schon 1997 einen **R A D I K A L E N** Umbruch
gewagt! Die „**Neue Deutsche Baumschulenbe-
wegung**" hat sich schon 1997 ganz bewusst
ein neues Motto gegeben, ein Motto, das sich
auch in Ihrer Kampagne hier in Münster wieder-
findet:

„Es ist besser, einen Baum zu pflanzen, als einen
Ast abzusägen."
Die Stadt Münster, jetzt schon Sieger auf Bundesebene, Gratulation, aber lassen Sie uns in Hin-
blick auf den nun beginnenden Wettbewerb auf
europäischer Ebene einen Blick in die Zukunft
wagen:

Über dem Tor des Schulte-Wermelingschen Hofes steht eine **354!** Jahre alte Inschrift:

„De Grotfahre häwt den Bohm plannt, de Blaggen freut sick öwer den Schatten."
„Der Ahne hat den Baum gepflanzt, der Nachkomme genießt den Schatten."

Und ich kann Ihnen sagen: Dort gibt es Schatten, sehr viel Schatten.

Aber soweit denken diese Osnabrücker, diese niederen Sachsen ja nicht!

Münster wird nicht an seinem Konzept gemessen werden, das Konzept ist **hervorragend**, sondern daran, **wie es in naher Zukunft umgesetzt <u>werden wird</u>** und da möchte ich schon jetzt mahnende Worte sprechen:

1. --- **Konzentrieren Sie Ihre Energie auf <u>sinnvolle</u> Projekte,** ich habe eben im Foyer ein paar Stichwörter aufgeschnappt, die mir zu denken geben:
- „Lass Blumen sprechen" - vergessen Sie das, das haben wir im Vorstand jahrelang selbst versucht;
- „Grünflächenunterhaltung" - auch wenn es unscheinbar aussehen mag, das Grün ist sich selbst genug;
- Und wenn Sie meinen, mit Farbe könne man so manches übertünchen, lassen Sie sich von einem Fachmann sagen, mit dem Sa-

men der Kiepenkerle können Sie vielleicht eine Bank eröffnen, aber bei der Stadtdurchgrünung werden Sie damit keinen Erfolg haben.

2. ---Füllen Sie die Vorhaben in Ihrem Prospekt mit Leben! Unterstützen Sie den Bürger bei der Verwirklichung seiner Ideen!
Ich möchte hier beispielhaft zwei vielversprechende, kurz vor der Realisierung stehende Initiativen vorstellen:
Bei dem ersten Vorhaben handelt es sich um eine ganz einfache, naheliegende Idee zur Begrünung **und** Lärm- und Abgasminderung bei **gleichzeitiger** Erhöhung der Verkehrssicherheit! Dieses Beispiel wird bundesweit Schlagzeilen machen:
Das Aufstellen von großen, hochwertigen Blumenkübeln mit gemischter Wechselbepflanzung auf den benachbarten Autobahnen A1 und A 43.

Bei dem zweiten Vorhaben konnte Frau Schulte-Wermeling in einer ihrer bekannt spontanen Aktionen viele ihrer Nachbarn für ein Projekt **„Begrünung statt Versiegelung"** gewinnen.

Es geht konkret um die Ostmarkstraße, die 2007 eigentlich umfassend erneuert werden sollte, mit hohen Kosten für Stadt und Anwohner.

Stattdessen werden **schon jetzt im Februar** von den Anwohnern erste Grünstreifen quer über die Ostmarkstrasse angelegt und von Bürgersteig zu

Bürgersteig Hecken gepflanzt.

Ich habe hier eine Foto-DVD, die kann ich auch gleich mal rumgehen lassen, werfen Sie einen Blick auf den Ist-Zustand.

Auf der Rückseite der DVD sehen Sie Dateien mit den Zukunftsplänen.

In Höhe der Häuser 34 bis 39 gibt es Ausschachtungen für einen größeren Teich,
daneben einen Bouleplatz mit vielen Bänken und Grillmöglichkeiten.
Bei der Bepflanzung ist an schnellwachsendes Nadelholz gedacht.
Der Schwiegervater von Frau Schulte-Wermeling – ein passionierter Jäger - schlug übrigens die Errichtung eines Hochsitzes vor, wegen des sich bald einstellenden Wildes, aber das wurde von den Hunde- und Kinderbesitzern mehrheitlich abgelehnt.

Meine Damen und Herren, ich bin sicher, die Beispiele „Blumenkübel auf Autobahnen" und das „Projekt Ostmarkstraße" werden Schule machen und viele Nachahmer finden!

Wir werden schon im Frühsommer die Einweihung feiern können. Dazu möchte ich Sie schon jetzt herzlich einladen:
Es werden Schnittchen gereicht, die ein oder andere Salzstange wird sich auch finden lassen, nur für Selbstgeerntetes aus der Ostmarkstraße ist es

dieses Jahr natürlich noch zu früh. Ja, auch zum Schluss dieser Rede noch einmal ein kleiner Scherz.

Kommen Sie zur Einweihung! Sie werden die Ostmarkstraße nicht wiedererkennen.

Und Sie werden sehen, was Eigeninitiative dank Ihrer Kampagne alles bewirken kann, und das wird auch ihren Eindruck auf die Jury nicht verfehlen!

Ich wünsche dem ganzen Wettbewerb, der „Entente Florale" und natürlich Münster im besonderen viel Erfolg!

Vielen Dank!

Nach meiner Rede gewann Münster den Wettbewerb „Entente Florale" auch auf europäischer Ebene und wurde mit der Goldmedaille ausgezeichnet.

Bedanken möchte ich mich an dieser Stelle bei Marc Endres von „msm-kommunikation", der die Kampagne „Münster bekennt Farbe" maßgeblich gestaltete und mich für den gut bezahlten Auftrag als Redner vorschlug.

Organhandel - An- und Verkauf

(Der stolze Ruhrgebietsbunke in seinem Trainings-anzug)

Tach. Ich bins, der Willi. Willi, aus Wanne. Wan-ne-Eickel, kennt ihr nich?
Vielleicht auf Lateinisch: Castrop-Rauxel?
Aber meine Werbung: Kennt ihr doch:
„Brauchst du Herz, Leber, Niere, Lunge,
komm schnell bei Willi, Junge"!
Organhandel, An- und Verkauf, in Wanne-Eickel.
Ich-AG, läuft super, die Idee kam von Omma,
Omma hat mit ihren Nieren ... den Stein ins Rol-len gebracht. Also mehr unfreiwillig.
Omma is ja an Nieren gestorben.
Hätt nich sein müssen, aber sie hatte keine Knete
für ne Neue.
Musste ja inzwischen alles selber löhnen.
Gut, **ich** hätte das Geld zusammen gekriegt, aber
was hätt ich nich allet verkaufen müssen: die Spoi-ler, die Recarositze, meine nagelneuen 20 Zoll- Alu-felgen, ach, meinen ganzen Opel Omega hätte ich
verticken müssen!
War doch gerade neu lackiert, pink-metalik. Mit die
Farbe bin ich den Einzigen im ganzen Kohlenpott!
Und irgendwann waret dann auch zu spät für
Omma, und die war ja auch schon, Moment,
schon - 64.

Wir ham se dann nochn Jahr zu Hause behalten,
nicht, weil wir uns nicht trennen konnten, mehr
wegen der Rente.

Und wie der Zufall so arbeitet, da brauchte der Nachbar ne neue Leber, wir hatten Omma ja noch komplett in der Kühltruhe, und ihre Leber topfit, tja, jeden Tach ne Flasche Eierlikör, kein Problem.

Werkbank und Werkzeug hab ich doch allet in meiner Doppelgarage, und für Ommas Leber hat der Nachbarn mirn kompletten Sportauspuff spendiert! Doppelrohr-Anlage in Edelstahl. Weißt du, watt sowat kostet?!

Und mit Omas Rente...und Idee hab ich dann den Laden aufgemacht.

„Organhandel, An- und Verkauf, international."
Jaha! Sternzeichen Fuchs! Akzent Elch, wens interessiert.

Zum Lagern und Kühlen hab ich die alte Fischhalle gemietet, aber was meint ihr, wo kriegt Willi die ganze Ware her? (stolz)

1. - viel aus dem Ausland,
2. - Notärzte musste son bisschen bei Laune halten,
3. - bei Motoradrennen bin ich immer life mit meinen Kühlwagen vor Ort, steht groß drauf „Von Motorradfahrern für Motorradfahrer" und „Da lacht die Fracht."
-und 4. - in Süddeutschland habe ich viele Lieferanten, Gasthöfe, die erkennt Ihr sofort an diesen Schildern:
„Fremdenzimmer – Eigene Schlachtung".

Gut, Werbung musst Du machen, iss nich billig,

aber wichtig: Ich hab Anzeigen überall drin, son
geilen Vierzeiler von mir:
„Hasse mal `ne Herzattacke,
oder iss die Leber Kacke,
kommt sie Dir hoch, die grüne Galle,
dann geh bei Willi, nache Halle."
Also Fischhalle, der Fisch war aber mir zu lang
für die Ästhetik.
Oder:
„Zum kühlen Pils, ne frische Milz!"
Ja, Humor musste mitbringen für den Job.

Darm habe ich übrigens als Meterware, und
beim Abmessen, da kucke ich nicht auf den Zen-
timeter, da scheiß ich doch drauf! Da roll ich immer 10, ach 15% mehr ab! Da kannste mich aber
für ankucken.
Man will ja auch, datt die Kunden wiederkom-
men.

Und, ich bin billig, richtig billig:
Ein Liter Blut, Blut fällt ja parallel einfach an, Liter
Blut geht bei mir fürn Preis über die Ladentheke,
da kriegst du bei Pit Stop keinen Liter Synthetik-
öl für! Auch bei mir: Blut billiger als Öl!
Fürn Herz, wo ich nich so genau weiß, wos her-
kommt, da zahlste bei mich nich mehr als fürn ...
Null-acht-fünfzehn-Austauschmotor hier vom
Schrottplatz.
Und in diesen Motor, da kannst du auch nicht
reinkucken, da weißt du auch nicht, wie der vorher gelaufen ist, wie lange schon, wie lange
noch und ob der überhaupt läuft!

71

Aber der Willi, der gibt auf seine Herzen Garantie! (Freut sich) Lebenslang!!!
Sternzeichen Fuchs! Is noch keinen Einzigen wiedergekommen (hat Spass). Jaha, aus Erfahrung klug.

Probleme gibbet auch, klar:

Hier aus deine Heimatstadt hatte ich schon einige zum Ausschlachten, aber, die Leber, die Gehirne konnteste alle in die Tonne kloppen.
Friseure kommen mir gar nich mehr auf die Werkbank! Kannste Du alle in die Tonne kloppen.
Wieso?
Friseure alle schwul, Friseure haben alle Aids, alle direkt in die Tonne.

Und das ist bitter, das reißt ein Loch ins Sortiment. Es gibt Sachen, die
reißen se dir richtig aus den Händen, Nieren z.B., die brauche ich gar nicht in die Truhe packen, die liegen bei mir keine 14 Tage!
Manchmal, da könnt ich schreien:
„Herr, schmeiß Nieren vom Himmel!"
Gut, hat er ja auch gemacht, aber von Möllemann konnteste ja gar nichts mehr gebrauchen.

Wenn Ihr mal Bedarf habt, ja, wendet Euch vertrauensselig an mich.
(hat ne Idee) Apropos seelig, hab ich da, immer auf Lager: jede Menge: katholische Geschlechts-

organe, die sind so gut wie neu, alle erste Hand, noch nie benutzt!

Politikerschulung

(Duo, Politikerschulung für eine Gesprächsrunde a la Anne Will)

Der Ausbilder L zu A: Lieber Parteifreund, Sie repräsentieren also demnächst unsere Partei in einer Talkshow.

A: Ja.

L: Wenn ich recht informiert bin, bei Frau Anne Kann...

A: ...Will, Anne Will.

L: Ja, kleiner Scherz. Dann wollen wir mal. Etwas Schulung, etwas Vorbereitung kann nicht schaden. Politik-**vermittlung**, Werbung für unsere politischen Ziele, letztendlich für unsere Partei erfolgt heutzutage nicht mehr in den Debatten im Parlament. Wichtig sind heutzutage die Talkshows. **Wenn** wir beim Wähler erfolgreich punkten wollen, dann ist es wichtig, dass wir dort in den **Talkshows** eine gute Figur machen. Deshalb heute für Sie, unseren hoffnungsvollen Nachwuchs ein...

A: ...Danke.

L: Wofür?

A: Für den Begriff „Nachwuchs" und das „hoffnungsvoll."

L: Ah ja, gern geschehen. Also, deshalb heute Training für eine Talkshow, Publikum und Kameras installieren wir – dort (zeigt ins Publikum) und zum Thema – Was wird Thema sein bei Frau Möglich?

A: Will, Anne Will. Ich bin eingeladen als Fachmann unserer Partei für Innenpolitik.

L: Also Innenpolitik, das ist ein weites Feld, da werden wir mal etwas spezieller: was brennt uns auf den Nägeln? - Die Innere Sicherheit.
Wie wäre es mit einem ersten Statement?

A: (wendet sich an das Publikum) Angst! Meine Damen und Herren, Angst! Angst, Furcht und Schrecken beherrschen unseren Alltag! Niemand fühlt sich mehr sicher, überall lauern Terroristen, und die...

L: ...nicht schlecht, Herr Kollege: Angst ist immer ein erfolgversprechendes Thema, um etwas durchzusetzen.
Aber, bedenken Sie: Unser ehemaliger Innenminister Wolfgang Schäuble hat der rot-grünen Vorgängerregierung damals mehrfach Versagen vorgeworfen, weil sie es **nicht** geschafft hatte, die Angst vor dem Terrorismus in der Bevölkerung **wirklich** zu verankern. Auch heute: Nur **34%** der Bürger haben Angst vor dem Terrorismus.
Sie müssen also erst Angst **schaffen**, bevor Sie sie verstärken können. Bitte.

A: Angst! Meine Damen und Herren, Angst! Angst...

L: Ja, das hatten wir schon, kommen Sie zum Thema.

A: Überall lauern Terroristen, und die Politik – hat der Bürger den Eindruck – diskutiert, die Regierung kündigt Maßnahmen an, die Opposition ist entsetzt, die Linke zieht das Grundgesetz aus der Mottenkiste, und der Bundesrat blockiert.

L (schüttelt den Kopf): Mottenkiste ist nicht gut, auf das Grundgesetz lassen wir offiziell nichts kommen, verstanden? Aber bitte werden Sie konkreter.

A: Angst! Überall lauern Terroristen, aber WIR haben konkrete Maßnahmen ausgearbeitet, die im Vorfeld greifen: wir vernetzen den Bundesnachrichtendienst, den militärischen Abschirmdienst, den Verfassungsschutz, die politische Polizei auf Bundesebene **und** alle entsprechenden Einrichtungen auf Landesebene, um dann im Falle...

L: ...Sie sagen es ja schon selber: „um dann", viel zu spät. So etwas muss früher greifen, wir brauchen eine Kartei Verdächtiger durch eine umfassend ausgebaute Rasterfahndung...

A: ...zu spät! Wir brauchen eine Kartei für Verdächtige, **bevor** sie sich verdächtig **gemacht haben**...

L: ...bevor sie sich überhaupt hätten verdächtig machen **können**!

A: Um wen geht es überhaupt?

L: Den Moslem: dunkler Typ, Vollbart, wirres Haar, Pilotenschein, stechender Blick...

A (belustigt): ...also um den ehemaligen Kollegen Wolfgang Thierse.

L (starrt entsetzt auf A, muss dann lachen, amüsiert): Netter Scherz, aber in der Talkshow bei Frau Möchte dürften Sie das nicht bringen.

A: Will, Anne Will. Entschuldigung, aber wir waren bei den Maßnahmen.

L: Wir vernetzen die Friseure.

A: (?)

L: Die melden jeden Vollbart.

A: Zu spät, die Lehrer melden jeden, der arabische Zahlen benutzt.

L: Zu spät! Hebammen melden jeden schwarzhaarigen, bärtigen Säugling und verpassen ihm eine elektronische Fußfessel.

A: Keine schlechte Idee. Nun ist es ja nicht so, dass wir untätig gewesen wären. So ist ja z.B.

vom Gesetzgeber möglichen Selbstmordattentätern der Besuch von Terrorausbildungscamps
unter Androhung von Haftstrafe verboten
worden.

L: Haben **Sie** etwas in der Schublade gegen
Selbstmordattentäter, was **direkt** in Gesetzes-
form gegossen werden könnte?

A: Ja, wir denken gerade nach über ein Terrorismus**verbot**.

L (belustigt): Herr Kollege, machen Sie sich nicht
lächerlich. Dann können Sie auch Jungfrauen
verbieten, um möglichen Selbstmordattentätern
die Motivation zu nehmen.

A (erklärend): Den islamischen Terroristen geht
es ja letztendlich um die Beseitigung der Demokratie. **Wir** beschneiden präventiv die demokra-
tischen Rechte, so bieten wir dem Terrorismus
immer weniger Angriffsfläche.

L (windet sich): Beschneiden – halte ich in diesem Zusammenhang für eine unglückliche For-
mulierung.

A: Lassen Sie mich umformulieren: „die bürgerli-
chen Rechte **anpassen**", um dem...

L (steigt ein, beide im Chor): ...Terrorismus weniger Angriffsfläche zu bieten.

L: Ja, aber bitte, wir sind immer noch bei den Maßnahmen.

A: Angst!

L (schreit): Nein! Jetzt mal ohne Angst!

A: Ang.., äh, ja, wir, wir, **wenn** uns der politische Gegner lässt, verbieten wir das Tragen von Gürteln. Gürtel sind nur noch erlaubt zum enger schnallen.

L: Wir verbieten alle undurchsichtigen Transportmittel, also Rucksäcke, kleine Koffer, große Koffer; in Zukunft alle durchsichtig, dass man sieht, was sich darin befindet.

A (Augenzwinkernd, mit Blick auf dessen Aktenkoffer): Herr Kollege, kleiner Hinweis: Das können Sie nicht im Ernst wollen!

L (ablenkend): Wir verbieten das Wecken von Schläfern. Ohne Wecken keine aufgeweckten Schläfer, ohne aufgeweckte Schläfer keine Attentate...

A: ...zu spät, wir verbieten das Schlafen. Ohne Schlafen keine Schläfer.

L: Wir entziehen allen Vollbärtigen den Führerschein...

A: ...nehmen Ihnen das Handy weg...

L: ...und Internetzugang nur noch per 56K-Modem. Dann braucht eine Nachricht im Darknet länger als eine Postkarte.

A: Und was wollen Sie dann mit diesen Herrschaften machen?

L: Wir - schulen sie um zu Erntehelfern und...

A: ...aber, ganz wichtig: nur ernten! Nicht säen!...

L: ...und schicken sie nach - Mecklenburg-Vorpommern.

A: Gute Idee, da bilden sie keine Gefahr, da können sie nichts kaputt machen.

Fetzen II

Sternstunden der Belanglosigkeiten

Ohne Merz wären wir dem Sommer einen Monat näher.

Wenn die da oben sagen, sie wollen uns unter die Arme greifen, erwischen sie uns immer am Hals.

Vorschlag für die Werbung von Werkstattölen: „Legal Schmieren."

Die einzigen Ringe, die ewig halten, das sind die Ringe auf den Hüften.

Wenn die Welt Kopf steht, ist es kein Wunder, dass einem nur Arschlöcher begegnen.

Militärspielzeug

(V = Verkäufer, K = Kunde)
(Verkäufer steht hinter Theke, ein Kunde kommt ganz verstohlen rein)

K (leise und sich umsehend, ob auch kein anderer es mitbekommt, flüstert): Ähm, ich komme, wegen der neuen Bückware.

V (ebenfalls leise): Ja, worum genau?

K: Ein Stammkunde von Ihnen hat mir – ganz im Vertrauen - gesteckt, dass Sie irgendwie Zugriff auf die ganze Bundeswehrausrüstung haben, im Format 1:43.

V (laut): Da führen wir das gesamte Sortiment, das haben wir auch im Fenster und in den Schaukästen in der Fußgängerzone.

K (verunsichert): Aber ich dachte, der Verkauf von Kriegsspielzeug sei bei uns verboten?

V: Das ist ja kein Kriegsspielzeug.

K: Kein...

V: ...es funktioniert ja nicht, da sind wir ganz nah am Original.

K: Aber die Panzer, die wir an die Türkei geliefert haben, funktionieren doch in Nordsyrien fantastisch, die Panzerfäuste und Abwehrraketen, die wir an die Kurden dort geliefert haben, treffen doch hervorragend.

V: Da haben Sie völlig recht, mit den Waffen "Made in Germany" kann man schon Krieg machen, das sieht man überall auf der Welt. Nicht umsonst sind wir inzwischen der drittgrößte Waffenexporteur der Welt.
Das Grundproblem ist nur, dass unsere Waffen...nur im Ausland funktionieren.

K: Ja, die von der Leyen, die hat ja auch nicht gedient, da war noch, ich sag mal: viel Luft nach oben.

V: Ja, die von der Leyen ist ja desertiert und hat sich dann gerade noch rechtzeitig abgesetzt, ins Ausland. Mit Brüssel hat die Bundesrepublik kein Auslieferungsabkommen, die kann man leider nicht mehr haftbar machen.
Die von der Leyen haben wir übrigens in der Mädchenabteilung auch als Barbiepuppe.

K: Wenn ich allein schon an die Skandale rund um unser Standart-Sturmgewehr, das G 36 denke.

V: Das G 36 wird unterschätzt, das ist eine ganz heimtückische Waffe. Eine heimtückische Waffe: trifft nicht, aber der Feind lacht sich tot.
Das G 36 führen wir natürlich auch, sogar voll funktionsfähig.

K (begeistert): Da könnten meine Jüngsten, der Erwin und der Hermann richtig mit schießen?

V: Genau. Nur, wir legen größten Wert auf Originalität, deswegen fehlt es auch an Übungsmunition.

K: Und wie geht man bei der Bundeswehr damit um?

V: Genau, wie bei Ihnen zu Hause im Kinderspielzimmer, die Soldaten sind angehalten, Peng Peng zu rufen.

K: Aber, da ist Streit doch vorprogrammiert.

(die beiden spielen Kinderzimmer)

V: „Peng Peng, du bist tot."

K: „Was? Du hast ja gar nicht geschossen."

V: „Klar habe ich geschossen, ich habe laut und deutlich Peng, Peng gerufen."

K (provozierender Sing Sang): „Nein, hast du niicht, hast du niicht."

V: „Ach, Du hast doch den Schuss nicht gehört."

K (seufzt): Ja, jetzt, in der Zeit nach Flintenuschi ist in **einigen** Bereichen, ich sage mal: Luft nach oben.

K (entdeckt einen Panzer, sieht ihn sich an, lacht): Sagen Sie mal, hier ist aber was schiefgelaufen, der neue Puma ist ja viel zu klein, das ist doch nicht 1:43, da stimmt der Maßstab nicht.

V: Doch, absolut, die **sind** auch zu klein, die 350 neuen Puma-Panzer, das hat sich nach der Auslieferung herausgestellt, sind zu klein, also, da fehlt es innen an Lufthoheit.
(lacht) Aber wir können ja nicht die **eigenen** Soldaten einen Kopf kürzer machen.

K (beeindruckt) 350 Stück, ja das ist mal eine Hausnummer, da kann der Russe aber kommen!

V: Von den 350 sind aber nur 40 einsatzbereit.

K (stöhnt): Ja, jetzt, in der Nach-Flintenuschizeit ist in einigen Bereichen, ich sag mal: Luft nach oben.

V: Ja, leider sogar bei der Luftwaffe (nimmt ein Flugzeug).

K (begeister): Das ist ja die M 400, unser größter Truppentransporter, ein super Flugzeug, da passen sogar Panzer rein, ist mit allem ausgestattet, da hat der Steuerzahler sich nicht lumpen lassen.

V: Das Ding **ist super**! War bei der Bestellung 2003 topmodern, es hat nur ein einziges Problem, das mit der Luft, also mit dem Fliegen.
Zum Glück helfen die Russen uns da aus, wenn

wir was Größeres, z.B. Panzer zu transportieren haben, dann vermieten die uns ihre Antonow A-124.

K (unsicher): Und, was ist im Konfliktfall mit Russland, wenn wir unsere Panzer an die Ostfront verlegen wollen? Vermietet uns dann der Russe auch seine Antonow?

V: Selbstverständlich, schließlich gibt es gültige Mietverträge.

K: Und wenn der Russe sich nicht daran hält?

V: Dann, dann, dann drohen wir mit dem Einmarsch...

K: ...was ist das denn, diese gammeligen Flugzeuge? Ich wusste gar nicht, dass Sie auch stark bespielte Artikel anbieten.

V: Das sind die offiziellen Regierungsmaschinen, das sind auch schon richtige Düsenflugzeuge, ja. Mit allem, für unsere Außenministerin Annalena Baerbock ...

K (unterbricht): ...hat nicht gedient, die Frau...

V: ...die kleine Annalena führen wir in der Mädchenabteilung auch als Barbiepuppe.
Unsere Regierungsmaschinen fliegen übrigens schon klimaneutral.

K (erstaunt): Flugzeuge, Baujahr 1999 und schon klimaneutral?

V: Nun, was nicht fliegt stößt auch keine Abgase aus, und wenn unser Bundeskanzler Olaf Scholz...

K: ...hat übrigens nicht gedient, der Mann...

V: ...oder ein Minister...

K: ... haben **alle** nicht gedient, bis auf...

V: ...wenn die sich ersatzweise in eine Ryan Air Maschine quetschen müssen, heißt es, „wir gehen mit gutem Beispiel voran, wir sparen CO 2 ein."

(will ablenken, greift zu einer Drohne): **Hervorragend** fliegen übrigens unsere neuen Drohnen, die Euro Hawk, **die fliegt fantastisch**!

K: Da wird mein Hans- Ulrich aber begeistert sein. Können wir die hier mal ausprobieren?

V: Theoretisch ja, rein theoretisch ja, die sind einsatzbereit, haben Milliarden gekostet, aber **dürfen** nicht fliegen.

K: Wusste man das vorher denn nicht?

V: Doch.

K (hoffnungsvoll): Was ist denn mit der Marine, ist da in der Nachflintenuschizeit auch - „Luft nach oben"?
Ich habe gehört, großer Bestandteil des Ausbildungsprogramms seien Filme?

V: Ja, den Marinesoldaten werden jeden Tag Filme gezeigt, Seefilme: Der Untergang der Titanic, Der rote Korsar, Fluch der Karibik, jeden Tag, damit unsere Marinesoldaten auch mal sehen, wie das auf hoher See so aussieht. Manchmal schickt man sie mit der Fähre nach Helgoland, testen, ob die überhaupt seefest sind.

K (sieht sich ein U-Boot an): Hier steht: „Für den Einsatz im Wasser ungeeignet".

V: Ja, 50% von dem, was ein U-Boot können soll, können unsere Boote auch, also tauchen, nur die anderen 50%, das Wiederauftauchen, da gibt es Probleme mit der Luft, aber zwei Stück sind einsatzbereit.

K. Nee. Die nehme ich schon mal nicht, das taucht nicht. Oh, die neuen Fregatten, die sehen ja eindrucksvoll aus! - Taugen die?

V: Zwei ja, die sind im Einsatz.

K: Und die anderen?

V: Die Fregatten hatten sich während der Bauzeit so verteuert, dass das Verteidigungsministerium das Ersatzteilpaket abbestellt hat, die anderen drei nagelneuen Fregatten liegen im Hafen, nicht als Flugzeugträger, sondern als Ersatzteilträger.

K: Verstehe ich das richtig: wenn bei den beiden im Einsatz etwas kaputtgeht...

V: ...wird es bei den anderen ausgebaut.

K: Ein teures Vergnügen. Sagen Sie mal, man hört, dass es mit der Bürokratie unter Flinten-uschi auch ausgeufert sei, ist da auch noch – ich sage mal ...

V: ...Sie meinen Luft nach oben? Im Gegenteil, die Truppe **erstickt** an den ganzen Vorschriften, denen fehlt die Luft zum Atmen.
Wenn bei unseren Panzern oder LKW, PKW in Mali der TÜV abläuft, dann müssen wir uns von den Russen den Transporter leihen und zum TÜV nach Deutschland fliegen.
Wir haben schon dutzende Panzer zum Beispiel in Afghanistan verloren...

K: ...TÜV abgelaufen, darf nicht mehr mit gefahren werden?

V: **Kei-nen Meter!**
Und was passiert, (wird wütend und laut): Diese Taliban, diese niederträchtigen Taliban, benutzen sie einfach weiter, ohne gültige Abgassonderuntersuchung! Ohne mängelfreien Bericht vom Technischen Überwachungsverein! Trotz

ordnungsgemäß entfernter Plakette! Trotz damit erloschener Zulassung! Ohne Steuer und Versicherung!

Damit fahren die herum und schießen auch noch! Was ist denn, wenn etwas passiert?

Ich frage Sie: **Was – ist - wenn - etwas - passiert?**

K: Ich habe auch gehört, dass die Taliban und Co mit unseren Truppen Katz und Maus spielen, weil unsere Militärfahrzeuge wegen der Gelben Plakette in Afghanistan, in Mali, im Südsudan usw. natürlich nicht **in** die Orte - in die Umweltzonen rein dürfen, von wegen der Luft.

V: Leider ja, aber da haben wir hier die Lösung (hält einen Panzer hoch) das ist unser erster Elektropanzer, Name: Krups Dreimix.

Super ausgestattet, top modern, nur, das Aufladen der Batterien dauert 4 Tage, und mit vollen Batterien kommen wir nur 2 Kilometer weit. Aber, mit den Elektropanzern dürften wir **dann** auch in die Umweltzonen – also wenn wir soweit kämen. Da ist noch – ich sach mal: Luft (zeigt) nach vorne.

K (überlegt laut): Man bräuchte also Ladestationen direkt an den Ortsrändern.

V: Das wollte Annegret Kramp-Karrenbauer, die Nachfolgerin von Flintenuschi, ja forcieren.

K: Da bin ich ja mal gespannt, die ist ja beim Wähler beliebt wie Durchfall im Autobahnstau, hat übrigens nicht gedient, die Dame.

V: AKK haben wir übrigens in der Mädchenabteilung auch als Barbiepuppe.

K: Immerhin war **sie** ja auch sofort bei unserer Truppe in Afghanistan.

V: Ja, und da hat man sofort gemerkt, die ist vom Fach: Ein Kolonnenfahrzeug hatte einen Platten, da ist sie sofort ausgestiegen, hat sich interessiert gezeigt und klar festgestellt, dass da ja eigentlich oben rum noch Luft drin ist, nur unten sähe es so komisch aus.

K: Unverständlich, dass sie in den Meinungsumfragen noch so viel Luft nach oben hat.
Sagen Sie mal, wenn ich dieses ganze Sortiment kaufe, und zu Hause stelle ich fest, das funktioniert alles nicht, kriege ich dann mein Geld zurück?

V: Was denken Sie, hier ist alles wie im **richtigen Leben!**

K: Und, warum wird nicht versucht, von der Rüstungsindustrie Schadensersatz zu bekommen?

V: Gute Idee, aber, wenn Sie sich die Verträge mal ansehen, aussichtslos.

K: Solche Verträge würde ich nie unterschreiben!

V: Sie nicht, unsere Abgeordneten schon.

Sagen Sie mal, Sie erwähnten die Namen Ihrer Kinder (wird diskret leise): Erwin?

K (ebenfalls leise): Genau, Rommel.

V: Hermann – Göring?

K (nickt)

V: Und Hans- Ulrich?

K (stolz): Rudel

Klein Erna

(Solo, der Akteur ist völlig begeistert, dabei verträumt, neben der Spur)

Also die Erna, so was Süßes! So was Süßes!

Unser Leben hat sie natürlich total umge-
schmissen: Urlaub? Wie denn? Seit sie da ist,
sind wir nicht einmal draußen gewesen, so mit
Freunden oder so; und zu uns einladen, das geht
ja gar nicht mehr.

Erna mag das – glauben wir – nicht, die ist ja so
was von eifersüchtig, süß!
Außerdem haben Elke und ich jetzt nur noch
das kleine Zimmer im Souterrain, für Erna haben wir das Wohnzimmer ganz herzallerliebst
hergerichtet.

(ernst) Ja, mit einigen Freunden, auch langjäh-
rigen Freunden ist es jetzt allerdings vorbei –
kein Funken von Verständnis, null! Das ist bitter, das ist ganz bitter.
Aber in so einer Extremsituation vielleicht normal, da trennt sich einfach die Spreu vom Wei-
zen.

(wieder entrückt) Die Erna! Die ist ja jeden Tag

anders drauf, und das sehe ich ihr sofort an! Wahnsinn!

(traurig) Ich muss allerdings zugeben, Erna kommt mehr auf Elke raus, das ist manchmal nicht einfach für mich.

(wieder entrückt) Billig ist so ein kleiner Wurm natürlich nicht, wir arbeiten beide jetzt nur noch halbtags, ein Camcorder musste einfach her, klar, so haben wir alles von Anfang an, sozusagen jeden Pups auf DVD, so eine Palette!

(amüsiert) Und, wenn sich doch mal jemand zu uns verirrt, unter 3 DVDs lassen wir den gar nicht laufen.

Erna schläft natürlich zwischen uns im Bett, herrlich, ganz herrlich!

Wenn sie schläft, oft kriegen wir ja nachts kein Auge zu: Vorsingen, wiegen, wickeln – oder, bombensicherer Geheimtip, mit dem Auto 8 Runden um den Block, dann schläft sie.

Sex in dem Sinne haben Elke und ich jetzt seit 1 Jahr, 8 Monaten und 5 Tagen nicht mehr gehabt, aber dann brauche ich unseren kleinen Schnuckiputzi nur an zu sehen, und dann geht es auch wieder.

Das Schönste, das Schönste ist allerdings, wenn wir sie füttern, dann saut die immer alles ein! Dann saut die immer alles ein! Süß! So süß!

Oh, da fällt mir ein, ich muss dringend los, für Erna, Aldi hat nämlich diese Woche Streu und Whiskas Gourmet im Angebot.

Die Bewerbung als Sprecher Wolfgang Schäubles

2010 stellte Wolfgang Schäuble, damals Bundesfinanzminister, völlig unnötig seinen Sprecher in menschenverachtender Weise öffentlich bloß, der kündigte daraufhin.
Noch am selben Tag bewarb ich mich als sein neuer Sprecher und schickte die Bewerbung an das Bundesamt für Finanzen in Berlin und Bonn.

Bewerbung als Sprecher des Bundesfinanzministeriums

Sehr geehrte Damen und Herren,

mit Interesse habe ich die Kündigung des Herrn XXX als Sprecher des Finanzministers Wolfgang Schäuble wahrgenommen und möchte mich als Nachfolger ins Gespräch bringen.

Die Stelle scheint wie für mich geschaffen, bringe ich doch durch meinen beruflichen Werdegang die besten Voraussetzungen mit:
Ich habe mich 1985 im westfälischen Münster erfolgreich selbständig gemacht mit dem Autoteilehandel „König Wilhelm". Hinter diesem einpräg- und werbewirksamen Namen verbirgt sich ein Schrottplatz.
Schrott, den andere loswerden und für die Entsorgung bezahlen müssen, erkläre ich durch rei-

ne Umdeklaration zu Wertstoffen beziehungsweise teuren Ersatzteilen und verkaufe sie gewinnbringend.

Das Motto für meinen zukünftigen Einsatzbereich bei Ihnen hieße dementsprechend:

„Es gibt keine schlechte Finanzpolitik, es gibt nur schlechte Vermittlung."

Ich sage Ihnen im Bundesamt der Finanzen nichts Neues, wenn ich konstatiere, dass sich in der Vergangenheit, wie auch heute und auch morgen Entwicklungen, ja selbst Fakten oft nicht in die gewünschte Richtung bewegten, bewegen und bewegen werden.

Deswegen ist Kreativität gefragt, auch hier könnte ich auf meine 12 Jahre als Schrottplatzbetreiber zurückgreifen:

- so hatten alle ausgebauten Motoren und Getriebe exakt 84 000 km gelaufen,
- Tachometer stammten alle aus Fahrzeugen, die von älteren Herrschaften nie schneller als 90 km/h bewegt wurden, die obere Hälfte des Tachos konnte also geradezu als jungfräulich bezeichnet werden,
- Windschutzscheiben wurden alle aus rechts gelenkten Fahrzeugen gewonnen, der TÜV-relevante linke Sichtbereich war folglich kaum abgenutzt.

Mein Motto – bald bei Ihnen in Berlin – hieße also:

„Alten Schrott muss man als neu verkaufen."

Der Volksmund ist ja bekanntlich weise, und der sagt: „Gebrauchtwagenverkäufer von heute sind die Pferdehändler von gestern", Schrotthändler schlagen sogar aus zerlegten alten Mähren von der Freibank noch Gewinn!
Apropos Freibank, Sie sehen, auch auf den Umgang mit dem Bankwesen bin ich gewappnet.

In meinem zukünftigen Betätigungsfeld werde ich viel mit Zahlen und Statistiken zu tun haben. Hier möchte ich auf meine langjährige, kreative doppelte Buchführung hinweisen, die auch von versierten, voreingenommenen Steuerfahndern nach eingehender Prüfung schlussendlich zähneknirschend als unanfechtbar akzeptiert werden musste.

Ich bin mir bewusst, dass es sich bei meiner Bewerbung auf die Stelle des Pressesprechers des Finanzministers um ein Feld in einem sehr sensiblen öffentlichen Bereich handelt, aber auch in diesem Punkt fühle ich mich bestens gerüstet:
> Als Schrottplatzbetreiber bin ich den Umgang mit umweltgefährdenden, toxischen Stoffen gewohnt und weiß um die möglichen Spätfolgen meiner Arbeit für nachfolgende Generationen.
> Hier stehe ich übrigens der Regierungspartei FDP sehr nahe, habe ich mich doch um einengende staatliche Auflagen nie gekümmert.

Meine Damen und Herren, Sie sehen, es gibt keine besseren Voraussetzungen für die vakante Stelle als Schäubles Pressesprecher im Finanzministerium als 12 Jahre Schrottplatzbetreiber, man sollte eine solche Laufbahn als Bedingung auch für viele andere Positionen im Bereich der Politik erklären.

Ich kann Ihnen vorhersagen: Mit mir als Pressesprecher werden selbst voreingenommene, kritische Geister unter den Besuchern einer von mir geleiteten Pressekonferenz eine solche **nie** mit einem schlechten oder sogar mulmigen Gefühl verlassen, sondern mit dem frischen Elan einer Aufbruchstimmung, mit dem erhebenden Gefühl, Mitwirkende sein zu dürfen an einer großen, vielversprechenden Zukunft!

In sicherer Erwartung einer positiven Rückmeldung freue ich mich schon auf unsere baldige fruchtbare Zusammenarbeit!

Mit freundlichen Grüßen,

Ludger Wilhelm

Aus Berlin, vom Bundesministerium der Finanzen erhielt ich von einem Herrn Doktor XXX vom Leitungsstab folgende Antwort:

„Sehr geehrter Herr Wilhelm,

vielen Dank für Ihre humorvolle Bewerbung auf den Posten des Pressesprechers des Bundesministeriums der Finanzen.

Leider muss ich Ihnen auf Ihre Zeilen ein "So nicht" getreu dem Gedicht von Wilhelm Busch erwidern:

„Ums Paradies ging eine Mauer
Hübsch hoch vom besten Marmelstein.
Der Kain, als ein Bub, ein schlauer,
Denkt sich: Ich komme doch hinein.

Er stieg hinauf zu diesem Zwecke
An einer Leiter mäuschenstumm.
Da schlich der Teufel um die Ecke
Und stieß ihn samt der Leiter um.

Der Vater Adam, ders gesehen,
Sprach, während er ihn liegen ließ:
Du Schlingel! Dir ist recht geschehen.
So kommt man nicht ins Paradies."

Mit freundlichen Grüßen,

Dr. XXXX

Vom Leitungsstab in Bonn erhielt ich als Antwort:
„Sehr geehrter Herr Wilhelm,

Die Stelle des Pressesprechers ist nicht ausge-
schrieben.

Ich habe Ihre Bewerbung gelesen - Ironie und Po-
litik passen nicht zusammen! Ich habe Sie deshalb
sehr ernst genommen."

Mit freundlichen Grüßen,

XXXX

Raum für Ihre Notizen

Der Liebesbrief

(Ein Darsteller kommt mit Briefen in der Hand auf die Bühne, öffnet sie und stößt dabei auf einen rosafarbenen, der duftet)
(kursiv Gedrucktes liest er aus dem Brief vor)

(sehr verliebt) Ein Brief von Eva! Super! Sie steckt in so einer ätzenden Fortbildung. Im Harz! Mitten in einem Funkloch natürlich, ich habe seit zwei Wochen nichts von ihr gehört, aber jetzt ein Brief! Eva, ich bin ja an sich nicht so ein Aufreißer wie mein Kollege Klaus, wenn **der** von seinen Frauengeschichten erzählt! Das ist unbeschreiblich!
Aber jetzt mit Eva, da habe ich endlich auch einmal das große Los gezogen. Eva und ich, das war Liebe auf den ersten Blick! Wirklich, da habe ich vorher auch immer drüber gelacht, aber...vor Eva wusste ich gar nicht, dass ich überhaupt so lieben kann!
Wenn sie in 9 Tagen, 14 Stunden, 36 Minuten und 19 Sekunden zurückkommt...ich kann das so genau sagen, weil ich das spüre, und weil sie nie mit der Bahn fährt...dann mache ich ihr noch am selben Tag einen ganz romantischen Heiratsantrag. Ich habe einen Tisch bestellt, für 20 Uhr, unsere Freunde, unsere Eltern, alle wissen Bescheid, die kommen eine Stunde später ganz zufällig vorbei. Venedig habe ich schon gebucht als Hochzeitsreise, und das Ticket habe ich ihr eingebacken in ihren Lieblingskuchen!
Und was eine **Wahnsinnsarbeit** war und eine

Riesensauerei, ich habe ihr den Ring in einem Mon-Cherie versteckt.

(nimmt den Brief raus und liest vor) *„Hallo!"*

„Schon lange habe ich mit Dir sprechen wollen, allein, mir fehlte der Mut. So nun auf diesem Wege..."

(total erfreut) Sie will mir zuvorkommen mit dem Antrag, ich habe nichts gesagt, keine Andeutung, nichts, und **sie** hat es doch geahnt! Sie hat es gespürt! Wieder so ein Zeichen dieser wahnsinnigen Nähe! Ja, sie hat es vielleicht schon vor mir gewusst!

„...so nun auf diesem Wege, ich möchte Dich nicht mehr sehen und muss unsere Affaire - Beziehung wäre ja wohl übertrieben - beenden.
Dir wird es wehtun, ich bin nur noch erleichtert."

Aber das kann doch nicht wahr sein! Eine solche Liebe! Eine solche Seelenverwandtschaft, wie sonst vielleicht nur bei eineiigen Zwillingen!

„In der ersten Zeit habe ich ja noch angenommen, dass bei mir so etwas wie Sympathie für Dich entstehen könnte, aber Du bist mir so was von egal geblieben."

(verzweifelt): Was haben wir für Gespräche geführt! Noch nie habe ich mich jemandem so geöffnet! Noch niemandem habe ich soviel von mir mitgeteilt!

„Okay, Langweiler gibt es viele, aber diese Kom-
bination aus Nichtzuhörenkönnen und Nichts mit-
zuteilen haben, diese ewige Stille halte ich einfach
nicht mehr aus.
Manchmal war ich schon froh, wenn Du samstags
Ha, Ha, HSV gegrölt hast."

Unglaublich! Was habe ich alles investiert, was
habe ich alles aufgegeben für diese Frau! Ich habe mein Motorrad verkauft, ich war nur noch mit
ihren Leuten unterwegs, und jeden Sonntag mit
ihr - zum **Synchronschwimmen**! Und jetzt
schmeißt sie mich weg wie, wie ein benutztes
Tempotaschentuch! Die, die hat doch´n Rad ab!
Die hat doch´n Schaden! – Klar, einen narzissti-
schen, die flieht, die hält diese Nähe nicht aus,
ein Beziehungskrüppel! Dabei war alles so klar,
ihre Eltern hatten mich aufgenommen wie ihren
eigenen Sohn! Wir hatten schon Namen für unsere Kinder!

„Unsere Bekanntschaft hätte ja auch überhaupt
keine Perspektive gehabt: Mein gesamter Freun-
deskreis hat mich vor die Wahl gestellt, Du oder
sie und meine Eltern hatten schon ein Enterbungs-
verfahren eingeleitet."

Ich weiß nicht, was in die gefahren ist, ich raffe
es nicht, das war alles so perfekt, wie sonst nur
im Film, im Traum, auch sexuell. Das war so lei-
denschaftlich, so fantasievoll, so, so...ach, die
war mir sexuell hörig, meinen Schwanz, sie hat
ihn angebetet!!

*„Wenn wir uns wenigstens im Bett verstanden hätten! Demnach, wie wenig Du mit dem Körper einer Frau anfangen kannst, musst Du schwul sein, obwohl dann hättest Du ja vielleicht ein gutes Gefühl zu Deinem **eigenen** Körper. Was ich alles in der Zeit mit Dir sexuell vermisst habe, spüre ich erst jetzt: Obwohl wir hier in St. Moritz traumhaften Schnee und Sonne haben, kommen Uwe, Kai, Peter und ich einfach nicht raus aus dem Bett. Ach ja, ich soll Dich von allen schön grüßen, unbekannterweise. Aber jetzt lass nicht auch noch den Kopf hängen, Klaus, ich rufe Dich irgendwann mal an, versprochen.“*

(wütend) Rufe Dich irgendwann mal an, ein Anruf? Nach allem, was gewesen ist...
Diese Schlampe, diese Pissnelke, diese Nebenerwerbsnutte, das Ticket werde ich vor ihren Augen zerreißen! Ersticken soll sie an ihrem Mon-Cherie, an ihrem scheiß Ring! Moment...

(stutzt, sucht noch mal im Brief)

„Aber jetzt lass nicht auch noch den Kopf hängen, Klaus!!!“

(ruft völlig erleichtert) Klaus! Klaus! Pohost, Post für Dich!

Fetzen III

Und Max hatte doch recht!
(Dieser Rechtschreibfehler ist beabsichtigt)

Glück macht sich selten, die Hoffnung stirbt früh, und der Erfolg hält auch nicht ewig.

Manchmal möchte man alles hinschmeißen, aber wohin? Und wer räumt später wieder auf?

In Warendorf hat man neulich in Pferdefleisch Pferd entdeckt!

Maskengegner berufen sich auf das Vermummungsverbot.

Entsagen fällt schwer, Vorsagen gildet nicht und Nachsagen ist übel.

Die Klassenkameraden

(Zwei beanzugte Männer mittleren Alters begegnen sich)

A (mustert B): Sagen Sie mal, Ratsgymnasium Münster?

B: Ja, warum?

A: Klassenlehrer Oberstudienrat Körner und Du, Moment: erste Reihe, Deutsch 1, Sport 5! Starke Brille, Rosamunde Pilcher- Gucker, Udo Jürgens-Fan, Arschkriecher, der Streber aus der 1. Reihe, das gibt es doch nicht!

B (mustert A): Und Du...letzte Reihe, Sport 1 aber Deutsch mehr 6 als 5, Stones-Fan, das Großmaul aus der letzten Reihe, der Mobber vom Dienst, der Bandenchef, der das Model aus der 12b entjungfert haben will.

A (stolz und trotzig): Habe ich auch. Du warst ja anscheinend geschlechtsneutral. Auf Deinen Namen komme ich auch noch...Jonas...

B: ...Jonathan...

A: ...Jonathan der Weise, genau, oder auch einfach (ironisch) „Der Püschel".

B (zeigt auf A): Jablonski, oder einfach nur: „Der

Chef". Das ist ja mal wieder Sympathie auf den ersten Blick.

A: Und, immer noch der verklemmte Spießer von damals? Oder, inzwischen schon mal eine Frau so richtig nackt gesehen?

B: Zweimal geschieden, 4 Kinder von 3 Frauen.

A: Hört, hört, (sie versuchen sich zu überbieten) ich: Keine Kinder von 30 Frauen!
Zweimal geschieden, Du traust Dich ja richtig was. Ich wette, Du riskierst alles und benutzt einfach morgens „Aronal" und abends........

B: ...Jablonski, der mich bezahlte, damit ich ihn abschreiben ließ, der nie das Abitur hätte kriegen dürfen, Jablonski, der in den Pausen die gebrauchte Wäsche seiner Schwester verkaufte, der seine Klassenkameraden verpetzte, der klaute, der Referendare quälte und beim Klassenlehrer buckelte, ich wette, Du bist heute Makler oder Versicherungsagent oder in der Politik.

A: Zeitarbeit, ich habe eine sehr gut gehende Zeitarbeitsfirma.

B (höhnisch): Hört, hört, Sklavenhalter, obwohl Sklavenhalter ist falsch, Sklavenhalter sorgen ja immerhin für Unterkunft und Verpflegung ihrer Leute. Dann bist Du bestimmt auch Pendler, Pendler nach Liechtenstein, Österreich oder in die Schweiz.

A: Was ist verwerflich an „Steuersparmodellen"? Du hast bestimmt einen Bausparvertrag.

B (stolz): Gekündigt, unrentabel.

A: Eine Riesterrente.

B: Gekündigt, Betrug.

A: Eine Lebensversicherung.

B: Gekündigt, einfach so, knall auf Fall.

A: Was soll man auch **SO** ein Leben versichern! Auf Dich reagiert doch nicht mal ein einziger Bewegungsmelder.

B: Ich bin nicht mehr „*Der Püschel*" von damals, ich war neulich in einer Moschee!

A: Hoi!

B (triumphierend): Mit Schuhen!

A: Und ich mit Springerstiefeln.

B: Ich drücke auf Fußgängerampeln, auch wenn ich gar nicht rüber will, ich bringe jede Oma auf die andere Seite, trage jeden Kinderwagen in den Bus, auch wenn die Mutter gar nicht Bus fahren will, ich habe neulich meiner Tochter gesagt, wie strohdoof Pferde sind...

A: ...ICH wohne mitten in der City, aber fahre einen SUV, einen Diesel-SUV, einen Diesel-SUV von VW!

B: Ich fahre ein Elektroauto, ein Elektroauto mit einer 600 kg Batterie, das ist noch viel umweltschädlicher als Dein Diesel-SUV. Und vom Staat habe ich beim Kauf 9000 Euro Prämie bekommen!

A: Ja, super, und wenn die Batterie kaputt ist, bezahlst Du 6000 Euro, damit einer der vier lizenzierten Autoverwerter in Deutschland Dein „*Elektrofehikel*" (**Dieser** Rechtschreibfehler ist gewollt) gnädigerweise verschrottet.

B: Manchmal mache ich tagelang...gar nichts. Oder ich sehe stundenlang Farbe beim Trocknen zu.

A: ICH beobachte wochenlang, wie Australien wegen der Kontinentalverschiebung näher an Amerika ranrückt.

B: Es gibt Tage, da schmeiße ich einfach Plastik in den Biomüll...

A: ...hört, hört...

B: ...da bin ich kurz davor, Amok zu laufen, an irgendeiner Schule...

A: ...da nimm aber keine Gesamtschule.

B: ?

A: **DIE** schießen zurück.

B: Wenn ich frischen Beton sehe, ich kann nicht anders, ich latsche immer rein.

A: Ich habe neulich in der einspurigen Baustelle auf der A 7 eine Panne vorgetäuscht, 14 km Stau!!!

B: Du warst das Arschloch! Im Supermarkt, an der Kasse, finde ich mein Geld grundsätzlich in der letzten Tasche.

A: Mir fällt bei der Parkhausausfahrt gerne das Ticket in den Rost.

B: Ich klaue, bei KIK.

A: Bei KIK???

B: Und stelle mich so dämlich an, dass ich erwischt werde.

A: Ich habe eine Dogge und habe sie so trainiert, dass sie nur vor Banken scheißt.

B: Ich habe mir vor Jahren mal den Abend nochmal durch den Kopf gehen lassen (stellt pantomimisch Kotzen dar) in einem Hauseingang, (stolz) die Stelle kann man heute noch erkennen!

A: Hut ab, dann hast Du ja wirklich etwas Blei-
bendes geschaffen!
(und versöhnlich) Und eins muss ich zugeben,
der Tochter zu sagen, dass Pferde strohdoof
sind, das ist wirklich mutig.

Fetzen IV

Was macht eigentlich der Nichtwähler im Su-
perwahljahr?

Sogar Rechtsanwälte klagen!

Unruhe wird gestiftet.

Nikolaus in der Mahatma Gandhi - Kita

Zusammen mit Indira Mandela und ihrem Papa Nils fuhr ich - der Nachbarjunge und Babysitter - zur Nikolausfeier in die Mahatma Gandhi - Kita.

„Also", flüsterte Nils, „du nimmst Indira Mandela und lenkst sie ab, damit ich mich in Ruhe umziehen kann."

„Kein Problem."

Alles war bereit, alle waren bereit für den großen Auftritt des Nikolaus in Form des verkleideten Nils. Also, fast bereit, denn es war einfach keine Ruhe in die versammelte Rasselbande zu kriegen, und als der Nikolaus pathetisch den Raum betrat, beachtete ihn außer den anderen Eltern, den Erzieherinnen, dem Pastor und mir - niemand.

Nils räusperte sich, ohne Erfolg.

„Liebe Kinder, ich bin es, der Niko-laus, draußen vom Walde komme ich her, und ich sage euch, da weihnachtet es sehr."

Nichts. Nils wurde lauter: „Liebe Kinder! Ich bin es! Der Nikolaus! Draußen vom Walde, da komme ich her!"

Immerhin, **ein** kleiner Junge bemerkte ihn: „Da ist gar kein Wald, bist du blöd? Da sind nur Häuser und Möbelhäuser und ein Baumarkt und ein Puff und ein Spielkasino, da hat mein Papa unser ganzes Geld verspielt."

Nils begann zu schreien: „Liebe Kinder! Ich bin es!! Der Nikolaus!! Draußen, äh, von draußen komme ich her, und ich sage euch, da weihnachtet es sehr!"

„Schrei nicht so, du nervst." Rief Emma Aurelia, "wer hat dich denn gecastet, und warum hast Du so einen blöden Rock an? Rot ist völlig uncool. Bist du schwul?"

Jetzt wurden auch die anderen Kinder aufmerksam, Indira Mandela trat einen Schritt vor und rief: „Aha, der Nikolaus, das ist der Mann, der den Kindern die Stiefel klaut. Da, der große Sack, da sind bestimmt alles geklaute Stiefel drin."

Oh Gott, das hatte ich ihr erzählt, sie kannte das Bilderbuch von der Nikolausgeschichte auswendig, und da hatte ich beim Vorlesen den Inhalt spontan etwas abgeändert.

„Der Nikolaus ist ein Fetischist, der wichst in unsere Kinderstiefel!"

Woher hatte sie das denn? **Das** hatte ich jedenfalls nicht behauptet.

Das wirkte, alle stürzten sich auf den armen Nils, traten und schlugen ihn, rissen an seinen Haaren, zerrten an seinen Kleidern und zogen ihn fast komplett aus.

„Aber unsere Kita hat doch beim landesweiten Anti-Agressions-Training den zweiten Platz belegt", stöhnte Erzieherin Gitte neben mir. "Hinter dieser verdammten Montessori-Kita im Promiviertel, der stecken sie doch die Fördermittel nur so in den Arsch."

Nils lag wimmernd am Boden, fast nackt, die Kinder ließen erst von ihm ab, als Matts-Lukas rief:

„Da sind gar keine Stiefel drin, kein einziger! Keine Stiefel, aber lauter Büstenhalter und ganz viele Stringtangas!"

„Da ist ja mein BH", rief Gitte, „den vermisse ich seit dem letzten Kinderschwimmen. Nils, du Sau! Das habe ich mir gedacht, dass du dahinter steckst." Sie sprang auf und trat ihm zwischen die Beine.

Indira Mandela zog mit ihren Eltern in ein weit entferntes Stadtviertel und so verlor ich meinen Babysitterjob.

Ommas Tieferlegung

(Solo, Bunke in seinem grellen Trainingsanzug)

In einer Woche hatte ich einen Termin! Spoiler,
Seitenschweller, Beilackierung. Und da stirbt
uns doch ausgerechnet genau da die Omma
wech.

Wat Annelie und ich jetzt fürne Lauferei am
Arsch haben! Und wat son Sterbefall kostet!

Meinen Termin, den kannst`e inner Pfeife
rauchen.

Sie kam ja ursprünglich aus Düsseldorf, ja, ham
wir gedacht, ist bestimmt ganz in ihrem Sinne,
bringen wir sie da auch widda hin, aber son
Grab in Düsseldorf, dat kannst`e ja gar nich be-
rappen!

Fürn Sarg hätten wir gar kein Geld mehr gehabt! Vielleicht noch für 4 Griffe, ja, irgendwie
2 so seitlich an die Rippen gedübelt, 2 an diese
Dinger da unten – die Füße und ab mit Omma.

Für die Knete fürn Erdwahlgrab in Düsseldorf,
ja, für diese 1605 Euro, da hätt ich 20 Zoll-
Alufelgen für meinen Opel Omega gekriegt,

aber hier nix Zubehör! Original! Und mit solche Schlappen!

Und es war ja nicht so, dass jetzt wegen Omma auf dieser Königsallee ein Parkplatz weggefallen wär, nein, das sind in Düsseldorf ganz normale Preise aufm stinknormalen Friedhof!

Hab dann mit dem Männeken vom Amt verhandelt, hier, pass mal auf, dat Loch buddele ich selber, ja, eigene Schüppe mitgebracht, Grill, Kotelett, Radio, Kasten Bier dazu, macht doch Spaß! Vielleicht annem Samstag und Bundesliga im Radio.

Hingebracht hätten wir sie auch selber, ja, bei meinem Omega kann ich hinten allet umklappen, wir hams ausprobiert, gut, da war sie noch warm, da konnte man sie noch so biegen, da hätten Chantalle und Pierre hinten sogar noch neben sitzen können!

Gut, wenn das so eng ist, dann streiten die sich schnell, dann fliegen da echt die Fetzen, aber ging nicht, meinte dieser Amtsarsch, wegen – und jetzt halt dich fest, du, wegen - Seuchengefahr!! Da hätte ich mir den fast gekrallt, „unser Omma `ne Seuche!" Habbich für ihn gesagt. Gut, er muss sie wohl gekannt haben, die war ja die reine Pest, aber beleidigen! Vor die ganze Verwandtschaft!

Außerdem war sie ja kerngesund, die hatte doch nichts! 2 gelbe Säcke drum, fertig.

Und das auch nur sicherheitshalber! Hinterher wollense ihr auch noch diese ganze Maul- und Klauengeschichte da noch in die Schuhe schieben. Gut, rumgemault hat sie immer, aber geklaut!!

Wär auf jeden Fall allet verboten. Na ja, wat gibbet schon, wat bei uns nicht verboten ist?!

Du gehst ja auch nicht in einen Baggersee und ersäufst, nur weil da am Rand son scheiß Schild steht: „Schwimmen verboten", oder?

Jedenfalls hatten wir Omma immer noch am Hals, Hannover meinte Annelie, da war sie mal im Landjahr, aber 1108 Euro fürn Erdreihengrab! Verdammt wir wollten da nicht bauen oder nach Öl bohren, wir wollten doch nur irgendwie die Omma verscharren!

1108 Euro fürn Erdreihengrab! Da kriegste in Wittenberg ´ne sieben- köpfige Familie für unter die Erde! Jaa, glaubste nicht, wat? Kann ich dich beweisen! Hier Stiftung Warentest, habbich mir besorgt, Preisvergleich, jaha, (zieht Heft hinterm Rücken hervor), Sternzeichen Fuchs und ich sach dir, da gibbet Unterschiede, da legst du die Ohren an.

Was meinst du, wos am billigsten ist? In den neuen Bundesländern!
Greifswald, das billigste Krematorium, 110 Schleifen, das teuerste: Stuttgart 480!
Ich weiß auch nicht, ob das da der Teufel persönlich macht?

Für son Loch in Bautzen, da kriegst`e fast noch was raus!

Anonymes Urnengrab in Eisenhüttenstadt: Läppische 14 Piepen! Jetzt ist mir auch klar, warum sich drüben so viele Schwarze verbrennen lassen, die haben`s ja nicht so dicke.

Ein Urnenreihengrab in Bitterfeld, 400 Euro! Kannste nix gegen sagen. Dat bezahlste unter Freunden für 30 mm Spurverbreiterung und 16 mm Tieferlegung, echt, kann ich dich besorgen, getz ohne TÜV natürlich.

Aber **Ommas** Tieferlegung in Düsseldorf, 2Meter, die billigste Lösung: über 1000 Euro!

Ham wir hin und her überlegt, neue Bundeslän-
der, günstig, aber den ganzen Tag sächsisch um-
se rum, dat hält Omma auch nich ewig aus!
Egal, haben wir sie nach Machteburg gebracht,
Erdreihengrab, keine 800, keine 700, keine 500,
ach ...260 Euro, okay West, aber unschlagbar,
nur jetzt weiß ich inzwischen auch warum:

Nach 3 Wochen kriege ich son Wisch aus Machteburg, da habbich den Braten schon gerochen!

Ungeklärte Besitzverhältnisse, wir sollen kommen, Omma umlegen...äh...umbetten. Da konnten wir noch froh sein, dass wir sie nich in son
anonymes Massengrab gesteckt hatten, für die
Sucherei, da hätte ich mir eine Woche Urlaub
nehmen müssen!

Jetzt im Moment habe ich Oma oben aufm
Dach, ja, habe ich mir vom Metzger nebenan
son Jet-Bag geliehen, nicht, dass ich nicht selber
auch son Dachkoffer hätte, aber ich war mir
nicht sicher,
ob ich den Geruch so ganz wieder raus kriege.

Jetzt hat Annelie auch die Faxen dicke, jetzt
wird Omma verbrannt, ja, Omma hat es immer
schon gerne warm gehabt, und dann bringen wir

sie doch nach Düsseldorf und zwar für lau!!
Und das auf der Kö! Sone Urne, ja, sone Urne,
die passt doch unter jeden Pflasterstein.

Blaumänner habe ich schon besorgt, für Annelie
und die Kinder, son Baustellenschild sacken wir
irgendwo auf dem Hinweg ein und dann tags-
über zur Rushhour –ja, genau wie die Kollegen
vom Bauamt, genau zur Rushhour- richten wir
auf der Kö eine kleine Baustelle ein.

Flasche Bier am Hals, Bildzeitung am Mann,
nicht zu hastig, merkt kein Arsch, jede Wette!

Pflasterstein hoch, Omma drunter, fertig, und
son Gebet, dat können wir uns auch später noch
im Auto aus den Rippen leiern. Und wenn wir
ein bißchen reinhauen, dann lasse ich auf dem
Rückweg bei D & W meinen Omega noch tunen
und tieferlegen, und da bleibt noch wat über!
Da bleibt noch wat über!

Abba nich weiter verzählen, dat issn Tipp nur
fürn total beschränkten Kundenkreis.

Henry Kissinger

B: Sie wissen, den Universitäten fehlt es an allen Ecken und Kanten, vor allem finanzielle Mittel, aber ab und zu gibt es einen Hoffnungsschimmer.

A: Das Verteidigungs- und Außenministerium haben 300 000 Euro jährlich für einen neuen Lehrstuhl an der Bonner Universität bereit gestellt.

B (gestelzt): Für den Ehrenlehrstuhl: „Henry Kissinger-Professur für internationale Beziehungen und internationales Völkerrecht".

A: Zu Ehren des Mannes, der sich ein Leben lang einen Dreck um die Rechte von Völkern gekümmert hat!

B: Für einen Politiker, dem wahrscheinlich zehntausende von Napalm-Opfer ihre „Erleuchtung" verdanken.

A: Einen Ehrenlehrstuhl für den Mann, der den demokratisch gewählten chilenischen Präsidenten Allende stürzen ließ, um seinen Freund und Gesinnungsgenossen Pinochet an die Macht zu bringen.

B: Für den Hasardeur, der das neutrale Kambodscha mit Napalm, Agent Orange und konventionellen Bombenteppichen eindecken ließ...

A: ...der in unzähligen anderen Schmierenstücken seine dreckigen, blutverkrusteten Finger stecken hatte – und bis heute noch hat...

B: ....und der sich immer wieder über seine zahllosen Opfer lustig gemacht hat.

A: Ein Mann, der in etliche Staaten, wie z.B. Frankreich und Spanien, nicht einreisen kann, weil ihm dort als rechtskräftig verurteilter vielfacher Kriegsverbrecher die Verhaftung droht.

B: In Deutschland dagegen widmet man demselben Mann einen Ehrenlehrstuhl! Wohl, weil er als deutschstämmiger Jude trotz seiner Vergangenheit als unantastbar gilt.

A: Warum haben wir eigentlich keinen Ehrenlehrstuhl zur „Geschichte der Völkerwanderungen – Josef Stalin"?

B: Oder einen im Bereich Statistik für Pol Pot?

A: Ich bin mir sicher: Henry Kissinger hätte auch Adolf Hitler als Berater und Außenminister treue Dienste geleistet, und er hätte sich noch viele zusätzliche Betätigungsfelder für die Nazipolitik einfallen lassen.

B: Schade eigentlich, denn dann würde sein Name heute nicht mit der Stadt Bonn in Verbindung gebracht, sondern mit der Stadt Nürnberg als seine letzte Station...

A und B im Chor: ...und das würde uns deutlich besser gefallen!

(Stellen für Geisteswissenschaftler sind rar, die ausgeschriebene Professur eigentlich ein Traum für viele Wissenschaftler mit unsicheren, schlecht bezahlten Jahres- oder projektbezogenen Verträgen, aber diese Stelle wollte trotzdem niemand haben.
Schließlich hat man sie besetzt mit einem ehemaligen amerikanischen Botschafter ohne Promotion und ohne Habilitation)

Nicht Bänke, Banken verbieten

In meiner Nachbarschaft stellte jemand eine Bank vor das Haus, sie entwickelte sich sehr schnell zu einem beliebten Treffpunkt für die Nachbarn. Es dauerte nicht lange, da trudelte ein Brief vom Ordnungsamt ein, mit der Forderung, die Bank unverzüglich zu entfernen.
Der Bürgersteig vor den Häusern ist etwa 5 Meter breit.
Ich habe daraufhin folgenden Brief an das Ordnungsamt geschickt.

Ludger Wilhelm
Münster, den .....

Ostmarkstraße ....

48145 Münster

Sehr geehrter Herr XXX

Ordnungsamt Münster
Aktenzeichen ....

Mit großem Unverständnis haben wir von Ihrer Entscheidung vernommen, das Aufstellen von Bänken vor den Häusern an der Ostmarkstraße zu verbieten.

Wir Anwohner würden diese Möglichkeit, sich

mit den Nachbarn gemütlich zu treffen, sehr vermissen und hätten es gerne, wenn Sie Ihren Beschluss noch einmal überdenken.

Dafür sprechen viele Gründe:

Wir stünden niemandem im Weg, weil wir ja sitzen.

Wir haben Nordgärten oder Balkone gen Norden, also keine Sonne, Sonne ist aber nachweislich gesund, zB gegen Rachitis, wollen Sie, dass wir Rachitis bekommen? Stellen Sie sich vor, was es bedeuten würde für den Tourismusmagneten Münster, wenn dort Touristen auf Schritt und Tritt rachitischen Einheimischen begegnen würden.

Wenn wir dort sitzen, zaubert es oft Passanten, vorbeifahrenden Radfahrern ein Lächeln auf die Lippen, wollen Sie das Lächeln aus Münsters Stadtbild verdammen?

Wir wollen endlich raus aus dem Schatten, wir haben nichts zu verbergen, wir wollen doch auch nur einen Platz an der Sonne.

In unserem Fall handelt es sich doch nur um eine einzelne Bank. Haben Sie mal gezählt, wie viele Bänke in der Erphokirche direkt auf der anderen Straßenseite stehen? Meines Wissens ist keine einzige davon offiziell genehmigt.

Bevor Sie uns die Bänke verbieten, sollten Sie Banken verbieten und auch die Tische, über die sie ihre Kunden, den Staat und die Steuerzahler ziehen!

Nach dem Gleichbehandlungsprinzip müsste diese Bank im Rathausinnenhof dann ja wohl auch weg.

Was ist man in der heutigen Zeit nicht immer am tun und machen und am rennen! Da kann eine Bank ein zentraler Ruhepunkt sein, an dem man mal innehält, sein Leben Revue passieren lässt. Vielleicht kommt jemand auf unserer Bank zur Gewissheit, sein Leben zum Besseren verändern zu sollen.
Wollen Sie das verhindern?
Sind Sie sich überhaupt über die möglichen psychosozialen Folgen Ihres Bänkeverbots im Klaren?
Ich kenne inzwischen die Menschen in meiner Nachbarschaft, und ich weiß, wie gefährdet einige von ihnen ohne diese Bank, ohne diesen Anlaufpunkt wären.

Für den Fall, dass Sie unsere Argumente noch nicht überzeugt haben sollten: Wir können auch anders.

Die jetzige neue Lage – nach dem Verbot - erfordert wesentlich häufigere Treffen vor unseren Häusern, das bedeutet deutlich höhere Ansprüche an die Örtlichkeit:

ein Stromanschluss wird notwendig sein, geplant ist die Anbringung eines Urinals (nach gesetzlicher Vorschrift natürlich mit seitlichen Schamwänden),

ein zur Fassade farblich passender Toilettenpapierhalter wird sich finden lassen,

für den Winter ist zum Erwärmen an Ölfässer und Reifen gedacht, damit würde im Erphoviertel ein Brennpunkt entstehen, wollen Sie das?

Ein Nachbar träumt schon lange von einer eigenen mobilen asiatischen Garküche,

Transparente sind in Arbeit:
„BANKEN VERBIETEN, NICHT BÄNKE!"
Oder „DIE LASSEN UNS NICHT SITZEN!"

Ein Nachbar kennt einen ganz seltenen Vogel, wenn es uns gelingt, den bei uns anzusiedeln, dann können Sie die Ostmarkstraße für immer aus dem Verkehrswegeplan streichen.

Es ist auch nicht so, dass wir über keine Lobby verfügen, einige Nachbarn haben nachweislich in zweiter Generation niederländische Wurzeln, wir könnten also den Migrationsbeauftragten einschalten, ein kleiner Wink an die Jüdische Gemeinde, den Gleichstellungsbeauftragten, die herstellende Sitzmöbelindustrie!

Ein Kind aus unserem Haus besucht denselben Kindergarten wie der Sohn des Kindermädchens der Gattin des Oberbürgermeisters, wir haben also einen direkten Draht zum Oberbürgermeister!

Wir könnten diese Posse auch an die große Glocke hängen und die Sache der Oelder Zeitung „DIE GLOCKE" (bekannt für ihren investigativen Journalismus) zukommen lassen.

Aber so weit müssen wir es ja nicht kommen lassen, ein Vorschlag zur Güte:

> Sie genehmigen uns das Aufstellen von Bänken, und die NRW-Bank hat doch der Stadt Münster eine Straße abgekauft, die Elisabethstraße. Wir Nachbarn würden auch gerne zusammenschmeißen (wir alle zusammen haben lange nicht so viele Schulden am Gesäß wie die NRW-Bank) und einen schmalen Streifen der Ostmarkstraße kaufen, um dort Brechbohnen anzupflanzen. Ein Streifen quer von Bürgersteig zu Bürgersteig würde uns genügen.

Bitte unterbreiten Sie uns ein Angebot.

Machen Sie ernst mit „Münster, der lebenswertesten Stadt" und verhindern Sie mit Ihrem Bänkeverbot nicht einen originellen und sehr liebenswerten Anlaufpunkt für funktionierende Nachbarschaft!

Mit freundlichen Grüßen

(stellvertretender Sprecher der Bankgesellschaft Ostmarkstraße)

Ich erhielt auf dieses Schreiben keine Antwort. Eine Klage wegen Untätigkeit im Amt wurde nicht ernsthaft erwogen.

Krieg im Irak

(die folgende Experten-Diskussionsrunde entstand zu Beginn des Irakkrieges, wenn Sie den Text zynisch finden sollten, dann vergleichen Sie ihn mit der Realität)

L: Meine Damen und Herren, ich muss jetzt mal etwas loswerden: Während wir hier gemütlich herumsitzen, geschehen im Irak unter Missachtung des Völkerrechts unglaubliche Verbrechen! Im Namen von Terrorismusbekämpfung, Demokratie und Menschenrechten verfolgen die USA nur schlecht verschleiert ihre wirtschafts- und machtpolitischen Interessen! Und dafür sterben tagtäglich Dutzende von Unschuldigen und der Irak wird zurück in die Steinzeit gebombt!

A: So kann man das nicht sehen! Das ist doch völlig unausgewogen! Sie vermitteln ja hier den Eindruck, der Amerikaner zerstöre wahllos, was ihm in den Weg kommt.

L: Ja, Wohnhäuser, Brücken, sogar Moscheen!

J: Völlig übertrieben!. Von allen Moscheen sind gerade mal 28% zerstört.

A: Das bedeutet aber auch: 72% sind noch völlig intakt.

L (sarkastisch): Da stellt sich wohl die altbekannte Frage: ist das Glas halbleer oder halbvoll?

J: Bitte, wir wollen doch sachlich bleiben!

A: Wenn ich früher in einer Klassenarbeit über 70% richtig hatte, kriegte ich mindestens ein „befriedigend".

J: Ja, und 72% intakt, damit können die Iraker doch gut zufrieden sein.

L: Erobert man die Herzen der Bevölkerung, indem man ihre Gotteshäuser bombardiert?

J: Man muss die GIs ja auch verstehen, das sind alles grüne Jungs, die noch nie weg waren von zu Hause.

A: Und dann sehen diese Minarette ja auch aus wie Raketenabschussrampen...

J: ...und oben drauf diese hysterisch schreienden Leuchtturmwärter...

(ein Muezzin wird laut eingespielt)

J: (zum Publikum) Und das den **ganzen Tag**! Ja, würden Sie denn da nicht schießen?! Mal ehrlich.

A: Haben Sie noch nie in einer solchen Stresssituation einen Fehler gemacht?

L: Aber deswegen muss man doch nicht ein ganzes Land in Schutt und Asche legen!

A: Das ist doch völlig übertrieben! Es gibt viele Ortschaften im Irak, da wurde kein einziges Haus zerstört!

J: Selbst in Bagdad stehen die meisten Gebäude noch.

A: Denken Sie an das Glas, und urteilen Sie selbst.

L: Aber diese ganzen Zerstörungen sind doch nicht wegzuleugnen!

A: Sachlich betrachtet tut der Amerikaner viel für die Entwicklung des Landes!

J: Zum Beispiel die Zölle wurden komplett abgeschafft.

L: Ja, Moment, die Einfuhrzölle.

J: Richtig.

A: Die Steuern wurden auf höchstens 15% begrenzt und alle lästigen Auflagen abgeschafft.

J: Wenn Sie heute als Ausländer im Irak ein Geschäft eröffnen wollen, dann brauchen Sie:

A: - keinerlei behördliche Genehmigung,
J: - keinen einheimischen Partner,

A :   - keine Gewinne zu reinvestieren.

J :   - keine Strafverfolgung bei Betrug zu befürchten.

L: (ironisch) Ganz Irak ist inzwischen eine weltweit einzigartige FREI-handelszone!

J: FREI! Haben Sie gehört? Frei! Da sehen Sie es doch: Frei! Freiheit! Demokratie!

A: Der Amerikaner, der will den Araber doch **AN** der Urne...

J: ...nicht **IN** der Urne.

L: Und was ist mit den mindestens 25 000 toten irakischen Zivilisten?

A: Wie viele Einwohner hat der Irak?

L: 23,5 Millionen.

A: 25 000 tote Zivilisten, das sind dann doch gerade mal...

J: ...0,1%!!! Denken Sie an unser Glas!

L (rechnet noch): Äh, ja.

A: 0,1%! Ist denn das kein verschmerzbares Opfer?

L: Das müssen Sie denen im Irak erzählen!

J: 0,1%, ist denn ein solcher Preis zu hoch für Demokratie und Menschenrechte?

L: (nachdenklich) Moment, 25000 tote Zivilisten, das sind nur 0,1%?

A: Richtig, und so können Sie doch gar nicht rechnen, von diesen irakischen Zivilisten wären doch auch ohne Krieg jede Menge ums Leben gekommen.

J: Ja, Autounfälle, Arbeitsunfälle, Haushaltsunfälle, Banküberfälle...

L (skeptisch): ...Haushaltsunfälle?

A: Ja ja, der Araber ist ein sehr häuslicher Typ.

L: Ach.

J: Und der Araber an sich wird auch gar nicht so alt:

A: Aids, Arthrosen, Alkoholismus...

J: ...Kannibalismus.

L: Kannibalismus - im Irak?

A: Ja ja, aber mehr im ländlichen Bereich.

L: Das wusste ich gar nicht.

J: Sie sehen, viele von diesen 25 000 Zivilisten wären ohne Krieg auch gestorben.

A: Eigentlich alle, Fakten, Fakten, Fakten.

J: Betrachten wir einmal einen anderen Aspekt: Über 2500 amerikanische Soldaten sind gefallen.

A: Heute sind es genau 2557.

J: Das heißt aber auch: 136 016 leben noch.

L: 2557 Tote, das sind...

J: 1,9%

A: Sie sehen, die Amerikaner haben fast den 20-fachen Blutzoll bezahlt wie die Iraker.

J: Glas leer, oder fast voll?!

A: Sie müssen natürlich auch bedenken, von diesen GIs wären auch ohne Krieg jede Menge ums Leben gekommen.

L (ist inzwischen umgeschwenkt): Ja, ja, Autounfälle, Arbeitsunfälle, Aids..

A: ...Aids gibt es nicht in den USA, nur unter den Schwarzen, und auch nur nach Auslandseinsätzen...

J: ....Sie sehen selber, von diesen 2557 wären die

meisten sowieso gestorben.

A: Sowieso. Irgendwann.

J: 136 016 amerikanische Soldaten leben noch.

L: Sie haben Recht, und das sind ja wirklich Fakten, Fakten, Fakten, Fakten.

J: Und was zeigt man uns in den deutschen Medien?

L: Enthauptungen, Leichenfledderei, tote GIs an einer Brücke aufgehängt.

A: (Einwurf) Ja hier, da haben wir es doch! Die Brücke war also noch völlig intakt!.

J: Das war eine Panne. Die heile Brücke sollten wir Fernsehzuschauer gar nicht zu sehen bekommen. Das war eine Panne!

(ruhige, aber eindringliche Passage)

J: Meine Damen und Herren, Sie ahnen es vielleicht, **wir** wissen es genau: Viele dieser bekannten Fotografien aus den irakischen Gefängnissen sind gestellt und somit gefälscht.

L: Jetzt fällt es mir auch auf, diese typische Effekthascherei, für die die Boulevardpresse doch weltweit so bekannt ist.

A: Andere Aufnahmen stammen doch eindeutig aus türkischen Dampfbädern oder glauben Sie, (belustigt) dass Bruno Ganz Hitler und Mel Gibson Jesus war?!

J: Fakten, Fakten, Fakten.

L: Nähern wir uns den Vorgängen im Irak doch einmal aus dem Blickwinkel einer ganz anderen Fragestellung und schon erscheint vieles in einem ganz anderen Licht:

A: Ja, ist der Moslem denn so anders als wir?

J: Vielleicht wollte der Ausgebombte sowieso gerade neu bauen.

A: Denken wir doch mal an Deutschland: ohne den Zweiten Weltkrieg, ohne Bombenkrieg – kein Wirtschaftswunder.

L: Warum zeigt man ihn uns nicht, den arabischen Bausparer im Baumarkt...

J: ...mit einer Palette Rigips und der nagelneuen Dunstabzugshaube.

L: (steht auf) „Ich hatte eine Bausparvertrag beim Al Chaida-Heimstättenwerk, der war zuteilungsreif und so habe ich in dem Neubau auch mehr Platz für die Hollywood-Schaukel." (setzt sich)

J: Oder diese Folterbilder, meinen Sie, unter den

Irakern gäbe es keine Schwulen? Und keine Exhibitionisten, die unter dem Turban nichts anhaben?

A (steht auf, schwul): „Ha, dieses Knäuel nackter Männer! Ein Traum! Und dann alle ab auf die Hollywood-Schaukel! Ich wusste vorher nicht, dass Demokratie soo toll ist." (setzt sich)

L: Gibt es im Irak etwa keine Masochisten?

J (steht auf): „Ich bin Masochist. Ich bin von den Amerikanern gefoltert worden – auf einer Hollywood-Schaukel - und ich fand es geil." (setzt sich)

L: Und warum zeigt man ihn uns nicht, den Selbstmordattentäter, dem es hinterher leid tut?

A (steht auf, weinerlich): „Tut mir leid, das wollte ich nicht, die haben mich gezwungen, und mir versprochen, ich kriegte hinterher 50 Jungfrauen und eine Hollywood-Schaukel dafür - und mein Auto muss ich jetzt auch neu lackieren lassen."

(J und L stehen auf)

J: Warum unterschlägt man uns Bilder aus dem normalen Alltag eines GIs im Irak?

L: Ich kenne Aufnahmen, da verschenken amerikanische Soldaten an irakische Kinder Dosenbier, äh Fleisch, Dosenfleisch.
J: Oder noch mal zurück zu den Folterungen...

L: ...ja, was ist denn eigentlich mit den **nicht** ge-
folterten Irakern?

J: Und das sind ja wohl die meisten! - Kommen
die zu Wort?

L: Fakten! Fakten! Fakten!

J: Oder: wurde auch nur ein einziges Mal die Beerdigung eines lebendigen Irakers gezeigt?

L: „Ich nix tot, ich nix mal verwundet, abber Fen-
sehen brauchen Bilder von Beerdigung, ich erst
nachher tot.“

J: Natürlich nicht, das wird unterschlagen! Das
wird zensiert! Das passt nicht ins Bild.

L: Ich denke, meine Damen und Herren, ob Glas
halbvoll oder halbleer, hier kamen ganz nüchtern überzeugende Fakten zu Wort, und das hat,
da werden Sie mit mir übereinstimmen, das hat
Vieles gerade gerückt.

J: Schade, dass solche konstruktiven Gespräche
zu Zeiten der Invasion in der Schweinebucht, zu
Zeiten Vietnams,...

L: ... Chiles, Grenadas, Panamas, Kambodschas,
Laos...

J: ...noch nicht möglich waren.

L: Schade auch, dass heute keine Vertreter der UNO, keine Vertreter Nordkoreas, Syriens oder des Irans anwesend waren.

J: Wir denken, sie hätten viel an Verständnis für zukünftige Aktionen der Vereinigten Staaten von Amerika hinzu gewonnen.

L: Darauf kann man doch mit einem Glas anstoßen.

J: Mit einem vollen Glas.

L: Mit einem Glas voller Fakten

(beide stehen auf und halten zu Jimi Hendrix „Star spangled banner" ergriffen die Hand aufs Herz, Licht und Musik werden runter gezogen)

Zehn kleine Negerlein

(Solo, die schraffierten Zeilen stammen sozusagen von einer anderen, zynischen, vielleicht abgespalteten Person)

Friedrich Merz und Björn Höcke fordern immer wieder die Förderung einer Deutschen Leitkultur. Dazu zählt natürlich auch traditionelles, überliefertes, schönes Liedgut. Das können sie haben:

10 kleine Negerlein,
die taten sich schon freun,
Asyl in Deutschland, wunderbar...
...Moment, du bist ja wohl ein Wirtschaftsflüchtling...
...Da waren's nur noch 9.

9 kleine Negerlein,
eines hat zu laut gelacht,
den deutschen Nachbarn hat's gestört,
da waren's nur noch 8.
Kann man auch verstehen, Lärm, gerade wenn andere lachen, da könnte ich auch explodieren, da wüsste ich nicht, was passiert!

8 kleine Negerlein,
mit Feuer ausgetrieben,
einem wurd's dann doch zu heiß,
da waren's nur noch 7.
Das kriegt man ja auch nicht raus, aus diesen Leuten, dieses Rauchen im Bett, und jeder weiß doch um diesen merkwürdigen Selbstentzündungseffekt bei Flüchtlingsheimen!

7 kleine Negerlein,
das war doch nur`n Reflex,
so`n Waffennarr ist auch nur`n Mensch,
da waren`s nur noch 6.

6 kleine Negerlein,
in der Disko gab`s Geschimpf,
keiner sah, wie es geschah,
da waren`s nur noch 5.

5 kleine Negerlein,
als Dealer im Visier,
beim Flüchten gab`s en Zwischenfall,
da waren`s nur noch 4.
*Ja, wer flüchtet denn? Wer flüchtet, der hat doch
was auf dem Kerbholz, der hat doch was zu verbergen!*

4 kleine Negerlein,
in der Zelle ganz allein,
eines nahm dann doch den Strick,
da waren`s nur noch 3.

3 kleine Negerlein,
zeigten an die Polizei...
*...ja, Moment, das geht ja gar nicht, ein bisschen
müssen die sich auch in die Mentalität ihrer
Gastgeber hineinfühlen...*

(einfühlsam gesprochen): ja, der hat sich dann
wohl, obwohl er an seine Pritsche gefesselt war,
mit seinem Feuerzeug selbst angezündet.
da waren`s nur noch 2.

144

2 kleine Negerlein,
zu Hause Todesstrafe,
das deutsche Gericht findet das okay,
(langsam gesungen) ein – Englein – mehr – spielt
– Harfe.
(der Zyniker): *ich liebe Harfenmusik, da könnte
ich dahin schmelzen, man ist ja schließlich ein
Mann von Kultur.*

Ein – kleines – Negerlein,
verwirrt – verlorn – allein,
(ganz schnell) das bekommt den Aufenthalt,
 wir woll`n mal nicht so sein.

Fetzen V

Die Goldmedaille im Trampolinspringen gewann in London der Chinese Dong Dong.

Die letzten Worte des Atomwissenschaft-
lers: „Theoretisch hätte das gar nicht passieren können."

Ohne mich wird es auch nicht besser.

Die Antwort kennt nur die Tierwelt

(eine - im doppelten Sinne - ungehaltene Rede)

Sehr verehrte Damen und Herren,

Klimawandel, Erderwärmung, Artensterben, die Polen schmelzen, Grönland ist nur noch zu 34% von Eisbären bedeckt, der Meeresspiegel steigt, Hannover wird demnächst Hafenstadt, alles von uns Menschen verursacht und die Bundesregierung? Verabschiedet ein - „Klima-PAKET"!
Und das ist kein Paket, das ist nicht einmal ein Päckchen, das ist eine Wurfsendung mit Trauerrand!
Ursula von der Leyen kündigt einen „Green Deal" an, zur Klimarettung, einen „Green Deal", den sie nicht einmal in ihrer eigenen Fraktion, den Konservativen **durchsetzen könnte** - wenn sie denn überhaupt **wollte**.
Das alles ist eine Politik fürs Auge, eine Politik für die Ohren, eine Politik fürn Arsch!

Wir Menschen sind dabei, unsere Zukunft zu versauen, weil wir Menschen in unserer unendlichen Arroganz die falschen Fragen stellen.

Diese menschliche Arroganz, die wieder mal nur sich selbst, den Menschen, in den Mittelpunkt allen Forschens stellt. Es gibt so viele, ungelüftete Geheimnisse vor unserer Haustür – ich will ja gar nicht alles wissen – ich will ja gar nicht alles wissen – ich will ja nicht brutal jeden Schleier wegreißen, um des Wegreißens willen. Das minderte auch den Reiz, aber - aber es gibt auch und gerade in der Tierwelt so viele Antworten, auf Zukunftsfragen.

Wer hat denn schon in der Vergangenheit Antworten geliefert? Ohne die
Malariamücke wüssten wir heute **nichts** über diese lebensgefährliche Krankheit, ohne die Ratte wüssten wir nichts über die Pest.

Aber, wie es den Tieren geht, interessiert doch keine Sau.

Haben Sie sich einmal gefragt, was es mit anderen Lebewesen macht, wenn man sie als Schweine bezeichnet, als Esel, als Stinktier?
Haben Sie sich **einmal** gefragt, warum inzwischen sogar Faultiere unter Burnout leiden, warum es sogar Lachmöwen auf die Heulboje zieht, die Giraffe so einen Hals hat und dem Reiher kotzübel ist?

Weil wir Menschen dabei sind, sogar der Nacktschnecke das Fell über die Ohren zu ziehen!

Warum versetzen wir uns nicht mal gleichberechtigt in die Tierwelt und suchen nach Antworten?
Gut, ich habe Verständnis, wenn gerade Männer abwinken und auf Spinnengattungen verweisen,

bei denen das Weibchen nach der erfolgreichen
Befruchtung das Männchen verspeist, aber mal
ehrlich, Männer, andersherum wären diese Gat-
tungen doch längst ausgestorben.

Haben Sie sich schon ein einziges Mal damit be-
schäftigt, was Tiere z.B. in ihrer Freizeit ma-
chen?!!!
- Ob Vögel am Wochenende auch gerne mal län-
ger schlafen?
- Ja, was macht denn der hilfreiche Lastesel,
wenn er alle Lasten verteilt hat?
- Der niedliche Waschbär, wenn alles sauber ist?
- Die Filzlaus, wenn sie der Affe laust?
- Der 1000-Füßler, wenn er Fußpilz hat?
- Der Nimmersatt in der Fastenzeit?
- Die Gottesanbeterin, wenn sie EINMAL nachge-
dacht, einmal Nietzsche gelesen hat?
- Die Friedenstaube, wenn in Amerika ein
schwachbegabter, geisteskranker Autist gegen
Recht und Verstand so gerne „Schiffe versen-
ken" spielt?

Ja, jetzt gucken Sie! Es wurde aber auch Zeit,
dass Sie mal wach werden!

Wie wenig wissen wir sogar über Lebewesen,
mit denen wir Tür an Tür leben, nehmen wir mal
die Welt der Nager:

Was macht die Hausmaus, wenn ihr gekündigt
wird?
Die Feldmaus, wenn sie die rote Karte kriegt?

Die Wollmaus, wenn sie mal NICHT will?
Die Spitzmaus, wenn sie MAL, wenn sie EINMAL
anders als ihr Ruf, nicht spitz...oder die Sackrat-
te..äh...

Meine Damen und Herren, ich wollte hier eigentlich nicht so in die Tiefe gehen, aber die bedrohli-
che Krise um unseren Planeten zwingt mich dazu.

Ja, meine Damen und Herren, MICH hätten Sie
fragen sollen....als noch Zeit war!

Ja, es gab Zeiten, als der **Heil**butt kurz vorm Aus-
sterben stand, weil alles in Ordnung...schien. Ja,
SCHIEN! Habe ich gesagt, und das habe ich BE-
WUSST gesagt, weil ich DAMALS schon GE-
WARNT habe. Damals schon, weil ich es geahnt
habe, dass selbst beim Wurm irgendwann ein-
mal der Wurm drin ist, weil auch dem Bär die
Cola ausgeht und dem Uhu die Tube leer wird.

Hätten Sie das gedacht? Mal ehrlich, hätten Sie
das gedacht?

Und wenn Sie jetzt – um 5 NACH 12 die Frage
stellen, wie dem Fisch wieder aufs Fahrrad geholfen werden kann, die Antwort weiß nur einer,
und die verrät er nur dann, wenn er EINMAL –
trotz dieser Zeiten – jemals wieder nüchtern werden sollte - der Blauwal.

Danke, meine Damen und Herren! Danke!

Beim Schuster

„Guten Tag, ich wollte meine Schuhe abholen", der Kunde übergibt den Abholschein.

„Ah ja, das waren die neuen Sohlen", der Schuster sucht und händigt ein paar Halbschuhe aus.

Der Kunde beäugt die neuen Sohlen und entdeckt auf der Unterseite der Schuhe Schraubenköpfe mit Unterlegscheiben, greift **in** die Schuhe und fühlt Schraubenenden mit Muttern und Unterlegscheiben.
„Was soll DAS denn? Wie soll ich die denn tragen?"

„Ich kann Ihnen gerne eine Tüte mitgeben."

„Das meine ich nicht, wie soll ich die anziehen?"

„Ganz normal, wie immer, hier oben, wo die Löcher sind, mit den Zehenspitzen zuerst, ich kann Ihnen gerne einen Schuhanzieher dazu geben, das gehört zu meinem Service, da steht allerdings Werbung drauf, für feurige Thaisuppen."

„Nein, wie soll ich damit **laufen**?"

„Sie sollten nicht damit Laufen, das sind ja eindeutig keine Laufschuhe, das sind ganz normale Lederhalbschuhe zum ...zum Flanieren."

„Nein, mit diesen Schrauben da drin, da laufe ich mir doch alles wund."

„ALLES, jetzt übertreiben Sie aber, ich gebe zu, die sind jetzt vielleicht nicht mehr so bequem wie vorher, dafür **hält** meine Reparatur. Wenn ich die Sohle geklebt hätte, so, wie es viele Kollegen machen, das hält – wenn Sie Glück haben - drei oder vier Kilometer."

Der Kunde dreht und wendet die Schuhe, fasst wieder hinein.

„Bei mir bekommen Sie Garantie für einhundert Kilometer! Das bietet Ihnen kein Kollege. Die machen es sich leicht, mit dem Kleben, was meinen Sie, was es für eine Fummelei ist, IN dem Schuh, die Muttern und Unterlegscheiben zu montieren. Außerdem, wollen Sie mir zumuten, den ganzen Tag, diese giftigen Klebedämpfe einzuatmen? Mein Vater ist nur 52 Jahre alt geworden, mein Großvater nur 43 Jahre!"

„Waren die auch Schuster?"

„Nein, Förster."

„Aber, dann waren die doch den ganzen Tag an der frischen Luft."

„Ja, eben, Lungenentzündung, aus die Maus."

Ein anderer Kunde betritt den Laden, offensichtlich ein Stammkunde, man ist per Du. Zufrieden mustert er seine Schuhe, bei denen Schrauben mit Muttern und Unterlegscheiben sogar oben herausragen und den gesamten Vorderschuh zusammendrücken: „Super, Bastian, gute Arbeit, wie immer", und an den ersten Kunden gewandt: „Das hält, und da bekommen Sie einhundert Kilometer Garantie drauf", zahlt und geht.

Der Kunde studiert die Regale und entdeckt die abenteuerlichsten Reparaturkonstruktionen.

„Na na, nicht spionieren! Keine Angst, ich habe mir meine Methoden schützen lassen, sonst würden es inzwischen alle so machen, sehen Sie mal hier," und greift zu einem Paar Fußballstollenschuhe, bei denen die Spitzen von zu langen Holzschrauben durch das Fußbett nach innen ragen.
„Die gehören Rudi aus der Zweiten Liga, er sagt, so hat er auch IM Schuh mehr Grip, und, sagt er, seit er diese Schuhe so trägt, ist er immer hellwach auf dem Platz."

„Das darf doch nicht wahr sein!"

„Doch, das ist wahr, wenn ich es Ihnen doch sage. Der ist schon von Reportern gefragt worden: „Rudi, wie machst Du das? Immer hellwach, Du verschläfst keine Torchance." „Ich verrate Euch jetzt ein Geheimnis, das liegt an meinem Schuster", sagt der denen offen ins Gesicht, und die nehmen ihn nicht ernst." Der Schuster lacht.

Der Kunde blickt ratlos in die Regale und entdeckt einen Stapel Ballettschuhe, alle durchbohrt
von Schrauben.

„Inzwischen sind alle Ballettschulen Münsters
meine Kunden, die haben mit meinen Schuhen
einen neuen Stil geprägt, sie nennen es: Stepp-
ballett."

Der Kunde hat eine Idee, Hoffnung blüht auf:
„Sagen Sie mal, bin ich hier vielleicht bei
„Verstehen Sie Spaß"?"

„Nein, das ist kein Spaß, ich bin Schuster, kein
Komiker, wenn Sie wollen, zeige ich Ihnen meinen Meisterbrief, und jetzt bekomme ich 36 Euro
80."

„36 Euro 80? Das ist aber teuer!"

„Wie gesagt, die Fummelei, wenn Sie mir Sanda-
len gebracht hätten, da kommt man ja super
dran, an die Kontermutter, und ich benutze nur
beste Qualität. Hier, die Schrauben, Muttern, Unterlegscheiben, alles Edelstahl, wenn man die
Schuhe den ganzen Tag trägt oder eine längere
Strecke damit läuft, dann entsteht ja Feuchtigkeit
im Schuh, wenn Sie da kein rostfreies Material
nehmen..."

„...Feuchtigkeit in **diesem** Schuh? Niemals", unterbricht der Kunde.

„Doch, wenn ich es doch sage. Gegen Durchrosten bekommen Sie sogar **zweihundert** Kilometer Garantie!"

„Die Schraubenköpfe ragen ja unten richtig raus", jammert der Kunde.

„Das entlastet und schont die Sohle **und** erhöht die Haltbarkeit, außerdem haben Sie so deutlich mehr Grip im Gelände oder auf Kopfsteinpflaster."

„Na, gut", stöhnt der Kunde und zahlt, „aber mich sehen Sie hier nie wieder."

„Ja, sehen Sie, jetzt sind Sie doch überzeugt, mit geklebten Sohlen stünden Sie nach drei oder vier Kilometern wieder hier, unzufrieden, verärgert, aber so..."

Kopfschüttelnd wendet der Kunde sich um.

„Übrigens, wenn Sie an Ihrem Fahrrad mal einen Platten haben, Sie können gerne zu mir kommen, ich habe da meine ganz eigenen Methoden."

Wolfgang Schäubles genialer Wurf gegen Steuerhinterziehung

Schon 2016, also Jahre vor der Corona-Pandemie hatte ich die folienbeschichtete Klopapierrolle präsentiert, wie viele große Künstler war ich damit der Zeit mal wieder voraus.

Corona galt zwar nie als Durchfallerkrankung, aber das Volk stürmte die Supermärkte, hortete Klopapier und griff sogar zum teuren mehrlagigen Arschverwöhnpapier.

(„Arschverwöhnpapier", da freut sich der Schreiber über seine Wortschöpfung und hofft auf weitere solcher, in seinen Augen gelungener Eingebungen)

In meinem Soloprogramm findet sich eine meines Erachtens klug gestaltete, ideenreiche Nummer mit dem Arbeitstitel: „Erfindungen".

Aufgemacht wie eine Show präsentiere ich in goldener Paillettenjacke verrückte Erfindungen wie:

- die oben erwähnte folienbeschichtete Klopapierrolle,
- das erste Super-Placebo, jetzt mit noch weniger Wirkstoffen,
- den von außen verstellbaren Innenspiegel;
- den weltweit ersten Bluetooth-Duschkopf, mit dem man schlauchlos überall duschen kann, regulierbar auch aus großer Entfernung mit der Smartphone-Dusch-App,

155

- den Gabelstapler für die Küche (siehe Foto),

- den Baseballschläger, der sich als „Meinungsverstärker" für Neonazis ent-puppt,

- den „Strosser", ein Gerät für Wüstenbesu-
cher zur Umwandlung von Strom in Wasser,

- das Zentimetermaß mit Schnalle als Diätgürtel usw.

Geschickt in drei Teile gegliedert werden auch drei geniale Erfindungen unserer Bundesregierung eingestreut: der Bankenrettungsfond, das Griechenland-Rettungspaket und Schäubles 2014 gefeiertes Abkommen gegen Steuerhinterziehung.

In diesem Abkommen verpflichteten sich die unterschreibenden Staaten, sich gegenseitig zu unterrichten über Konten und Geldbewegungen fremder Staatsbürger in ihrem Land.

Ein genialer Streich! Über 100 Staaten dankten es dem Gutmenschen Schäuble mit ihrer Unterschrift, darunter Panama, die Karibikinseln, die Kanalinseln, Luxemburg! Ja, der Wolfgang, man kennt ihn, er hat einen guten Namen in den Steuerparadiesen dieser Welt.

Wörtlich diktierte der Retter der Steuergerechtigkeit Wolfgang Schäuble, damals Bundesfinanzminister, den begeisterten Journalisten in ihr Merkheft:

„Ab jetzt ist Schluss mit Steuerhinterziehung, ab jetzt wird sich Steuerhinterziehung nicht mehr lohnen. Ab jetzt werden auch die Reichen brav ihre Steuern bezahlen."

Auch ich hatte mich einlullen lassen, war ein Stück weit mitgeschwommen in der Woge der Begeisterung, wollte schon Wolfgang Schäuble, dem Robin Hood der gebeutelten braven Steuer-

158

zahler einen Altar errichten, und ihm dort barhäuptig und kniend täglich meine Verehrung entgegenbringen, aber dann kam der Knall:

Auf der Wirtschaftsseite prangte sie, die Überschrift: „FDP begrüßt Abkommen".

Da war es wieder, schlagartig, dieses Misstrauen, dieses immer in mir schlummernde, vertrauensfeindliche Gefühl.

Dabei sage ich mir immer wieder: Es ist doch Vertrauen angebracht, schließlich müssen sogar FDP-Abgeordnete ihn laut und deutlich unter vielen Zeugen beim Amtseid aussprechen, den Satz: „...den Nutzen des Deutschen Volkes mehren, Schaden von ihm wenden".

Manchen Liberalen sieht man an, wie sie beim Amtseid mit hochrotem Kopf und zusammengepressten Zähnen gegen den Lachkrampf kämpfen, andere sehen blass und hundserbärmlich aus und stürmen anschließend gleich zurück zum Klo, um sich wieder ganz dem Brechdurchfall zu widmen.

„FDP begrüßt Abkommen", das macht doch stutzig, das weckt das Schlechte, das Argwohn währnende im interessierten Zeitungsleser. Wie gerne würde ich mich vertrauensvoll fallen lassen, mich wohl und geborgen fühlen in der neuen Verordnung zum Straßenbegleitgrün, im neuen Maßnahmenkatalog der Bundesregierung, dem neuen 10-Punkte Programm, dem neuen Strategiepapier, den gebündelten Kräften, die das Problem schon fokussieren...

Ich schweife ab.

Hurtig ab ins Internet, rasch das Abkommen runter geladen, flink ausgedruckt, routiniert der Griff zur Lupe, noch reicht das Augenlicht, die "Mittlere Reife" hilft beim Deuten des Juristendeutsch, die Warnung des Versicherungsvertreters vor nicht auszubleibenden Schäden wie dem „Grauen" und dem „Grünen Star" nach dem Lesen des Kleingedruckten in den Wind geschlagen und siehe da: Auch mit kleinen Dingen kann man Liberalen große Freude bringen.

- „Die Weitergabe von Daten bleibt weiter freiwillig" findet sich da, außerdem:

- wenn sich Staaten nicht daran halten, obwohl sie unterschrieben haben, in diesem Falle sind Sanktionen nicht vorgesehen,

- „nach einer Weitergabe von Daten dürfen diese (sogar) ausdrücklich nicht zu einer Strafverfolgung genutzt werden",

- „das Abkommen betrifft keine bestehenden oder inzwischen aufgelöste Konten" sondern nur solche die ab 2016 (also 2 Jahre später) neu eröffnet werden.

Sieben Jahre ging er schwanger mit seinem Abkommen, unser Schäuble und gebar in einer Sitzgeburt einen gewollten Rohrkrepierer.

(Ich weiß, eine Todsünde für den schreibenden Kabarettisten, das Fazit so offen selber zu ziehen, statt dem Leser geschickt und unterschwellig Erkenntnisse unterzujubeln, aber ich hätte es zu

schade gefunden um den obigen Satz)

Wolfgang Schäuble, rufe ich in Erinnerung, ist Schwabe, privat klaut der sogar bei „Kik"!

Noch einmal, fürs Zergehen lassen im Gehirn, Abteilung Wutzentrum:

„Ab jetzt ist Schluss mit Steuerhinterziehung, ab jetzt wird sich Steuerhinterziehung nicht mehr lohnen, ab jetzt werden auch die Reichen brav ihre Steuern zahlen."

Ich halte mich da lieber an Rudi Assauer, den ehemaligen Manager von Schalke 04 der da sagte:

„Wenn der Schnee geschmolzen ist, siehst`e, wo die Kacke liegt."

(noch eine Anmerkung am Rande, am Rande, weil ich es einfach nicht geschafft habe, sie im Text unterzubringen, ohne den Fluss zu stören: FDP-Mitglieder bekommen beim Kauf einer Schiffsladung neuer Briefkästen für Übersee nach dem Vorzeigen ihres gültigen Mitgliedsausweises in jedem Baumarkt 20% Rabatt)

(Wie effizient Schäubles Abkommen war, sieht man unter vielem anderen auch an den Skandalen um die „Panama-Papers", die „Paradies-Papers" und die „Pandora-Papers" nur wenige Jahre später)

Kinkel tötete Lady Di

(ein kleiner Junge im Grundschulalter nervt seinen Zeitung lesenden Vater)
(eine sehr, sehr alte Nummer (Kinkel war damals Außenminister!), die aber leider immer noch relevant ist)

Da fehlt ein E (Kind zeigt in die Zeitung).

Nein, das ist schon richtig, es handelt sich hier um eine militärische Waffe, die Minen.

Die Minen, da habe ich ganz schlimme Sachen von im Fernsehen gesehen, dass in der ganzen Welt alle 20 Minuten jemand daran stirbt oder verstümmelt wird und...

...jedes dritte Opfer ist ein Kind, ich weiß.

Ja, und dann ist das wie im Zirkus, dann können die Opfer auf einmal mit den Füßen essen oder mit dem Mund malen, das ist lustig.

(entsetzt) Ich möchte mal wissen, wo du deinen Humor her hast! Das ist nicht lustig.

Und alle haben gute Miene zur bösen Mine gemacht, nur eine Frau nicht, so eine Blonde, die war dagegen.

Nicht nur **eine** Frau, du meinst wahrscheinlich

Lady Di, die hat wirklich viel getan gegen die weitere Herstellung von Landminen.

Aber in Deutschland werden doch ganz viele Minen gebaut und entwickelt.

In Deutschland werden keine Landminen mehr hergestellt, die heißen jetzt...das ist genau wie bei deiner Mutter...

...auch so schlimm?

Nein, anders schlimm, sieh mal, deine Mutter hieß doch früher auch anders.

Krächting.

Richtig, und wie heißt sie heute?

Schlampe, sagst du immer, alte Schlampe, nein, Hoffmann heißt sie, wie wir alle.

Siehst du, die Minen heißen jetzt auch anders, das sind jetzt gar keine Minen mehr, das sind jetzt „intelligente Antipersonen-Wirksysteme", das kannst du gar nicht mehr vergleichen, die sind viel moderner, intelligenter, intelligenter als du.

Du meinst, die sind besser als die alten?

Ja, die können zum Beispiel zwischen einem Panzer und...und...einem Radfahrer unterscheiden.

163

Auch zwischen einem Panzer und einem Schulbus?

(der Vater gequält): Manchmal wünschte ich mir, sie könnten es **nicht**.

Ich kann das unterscheiden, ich bin intelligenter als diese blöden Minen.

Sieh mal, Deutschland gibt aber auch ganz viel Geld aus für das Ausgraben und Räumen von Minen. (verweist auf seine Zeitung) Hier 8 Millionen stehen hier im Bundeshaushalt.

(studiert ebenfalls die Zeitung und findet): Und 150 Millionen für die Wei-ter, Wei-ter-entwicklung.

Die haben die so weiterentwickelt, dass die sich nach einer gewissen Zeit von selber entschärfen. Genau wie deine Mutter.

Dann sind die ganz ungefährlich?

Ehrlich gesagt, nicht so ganz, bei einigen, bei 10 bis 40% klappt das nicht mit dem Selbstentschärfen.

Und was passiert mit denen?

(seufzt) Ja, viele von denen werden von deinen kleinen dunklen Freunden... „entschärft". Mit diesen 150 Millionen im Bundeshaushalt, das musst du ganz anders sehen, da geht es nicht um die Minen, da geht es nur um die Arbeitsplätze.

Ja, so etwas baut bestimmt niemand gerne.

Und die Minen werden ja auch gleich wieder beseitigt.

Ach so...

...ja, die bleiben nicht hier, die werden nach England oder Frankreich gebracht und dann sofort irgendwo anders hin, ganz weit weg und dann sofort vergraben, da sorgt der Kinkel schon für.

Papa, hat der Kinkel das gewusst mit den vielen deutschen Landminen?
Das weiß jeder von denen da oben, und Kinkel war ja vorher Chef vom Bundesnachrichtendienst.

Ich glaube, ich habe jetzt alles verstanden.

Dann leg mal los.

Also, es gibt ausländische Minen, das sind ganz, ganz schlimme Dinger, und deswegen sind die auch verboten. Und dann gibt es deutsche Minen, die sind soo intelligent, dass die gar keine mehr sind, und die werden nur gebaut, wegen der Arbeitsplätze, und die werden vergraben, genau wie Lady Di.

Später werden die dann wieder ausgegraben...und...und...und kommen in den Gelben Sack.

Jetzt weiß ich nur noch nicht, warum die Lady Di trotzdem etwas hatte gegen unsere deutschen...Dinger...

(nachdenklich) Papa, dieser komische Unfall von der Lady Di, der war doch in Paris in einem dunklen, dunklen Tunnel...

...ja, das war ein Autounfall in einem Straßentunnel...

...von dem aber niemand so richtig weiß, wie das passiert ist. Sag mal, wo war der Kinkel eigentlich zur Tatzeit?

„Fortsetzung folgt..." Mein erster Kriminalroman

Was war bisher passiert: Ein kleiner Lokalreporter wird zu einem alten Herren aus bester Gesellschaft gerufen. In einer vierstündigen Lebensbeichte berichtet der von der Existenz, der Struktur und den Verbrechen eines unglaublichen Machtkartells.
Seine Frau hatte im kleinen Kreis zum Besten gegeben, dass er manchmal im Schlaf wirres Zeug rede. Das war sein Todesurteil. Schon am nächsten Tag fand sich die Leiche des alten Herren im Kofferraum des Journalisten. Der beginnt zu ermitteln.

(Ende Kapitel I): „...Mir brach Schweiß aus, Angstschweiß. Verdammt, Angstschweiß riechen Hunde 100 Meter gegen den Wind.
Das machte es nicht besser, das Nachtsichtgerät rutschte mir aus der nassen Hand, reflexartig griff ich danach und bückte mich.
Nur so entging ich dem mächtigen Axthieb, der meinem Kopf gegolten hatte."

Kapitel II

Stattdessen bohrte sich die Axt ungebremst in den Unterschenkel meines Verfolgers.
Mit einem lauten Schrei stürzte er neben mir in meinen provisorischen Beobachtungsposten.
Sein Kopf baumelte in einem unmöglichen Winkel, so sieht wohl ein Genickbruch aus. Die Mas-

ke war verrutscht, vorsichtig zog ich sie ihm ganz herunter. Verdammt! Es war Matthias! Matthias, mein bester Freund! Mein Trauzeuge!
Sein Gesicht war verzerrt, weniger vor Schmerz als vor Verblüffung.
Matthias, mein bester Freund und Blutsbruder!
Jetzt fehlte nur noch, dass meine Mutter mit einer geladenen, entsicherten Panzerfaust hinter dem nächsten Baum auf mich lauerte.

Verdammt, jetzt hatte ich zwei Leichen an den Hacken. Zwei Leichen an einem Tag!
Das waren genau zwei mehr als in meinem ganzen bisherigen Leben.

Aus der Ecke, in der ich meinen Wagen versteckt hatte, brach ein Feuerschein. Auch das noch! Sie hatten meinen Wagen in Brand gesteckt. Ich Idiot hatte ihm noch gestern eine Wäsche gegönnt. Das Vollprogramm: Innenraumreinigung, Unterbodenwäsche und Handwäsche mit Fellimitat vom ungeborenen Lamm. Raus geschmissenes Geld.

Mein Auto ausgebrannt, mein Auto mit der Leiche des alten Herren im Kofferraum. An die Poilzei brauchte ich mich nicht mehr zu wenden, der Brand würde mich endgültig verdächtig machen. Klarer Fall von Spurenverwischung. Selbst wenn ich mich heute mit halbwegs heiler Haut aus dieser Bredouille würde retten können, verschwände ich für Jahrzehnte hinter Gittern.
Verurteilt für Jahrzehnte, aber überleben würde

ich keine Woche. Nicht nur unter den Mitgefangenen, auch in der Gefängnisverwaltung bis hoch ins Justizministerium hatten sie ihre Leute. Es würde aussehen wie Selbstmord, aber so geschickt gemacht, dass auch ein Rechtsmediziner wie Professor Börne keinen Zweifel hegen würde.

Und im Grunde war es ja auch Selbstmord, von Beginn an. Es war schon Selbstmord, die Lebensbeichte des alten Herren sich überhaupt anzuhören.
Aber jetzt kein Bedauern, kein Rückblick, das brachte mich nicht weiter. Ich musste etwas tun, ich musste den Spieß um drehen, ich musste raus aus dieser Passivität, **ich** musste das Zepter in die Hand nehmen, vom Verfolgten zum Verfolger werden.

Ich, ein kleiner Lokalreporter, was konnte ich schon machen? Ich könnte meine Riesterrente bei der Sparkasse Münsterland Ost kündigen, um ihr Geld zu entziehen, schließlich steckte die Sparkasse auch mit drin, und von meiner Riesterrente profitierten schließlich alle anderen nur nicht ich.

Da hockte ich in meinem nassen Unterstand in schusssicherer Weste und mit Nachtsichtgerät, neben mir die Leiche meines besten Freundes, in wenigen hundert Metern Entfernung brannte mein Auto lichterloh mit einer weiteren Leiche im Kofferraum, und ich dachte darüber nach, meine verdammte Rente zu kündigen!

So kam ich nicht weiter, so kam ich nicht raus aus diesem Schlamassel.

Ich durchwühlte Matthias Taschen, das einzige, was ich fand, war ein Ausweis mit seinem Passfoto, aber auf den Namen Gisbert Goldkuhle. Ich bekam Zweifel, der Ausweis schien mir echt zu sein, vielleicht war Gisbert Goldkuhle sogar sein richtiger Name.
Ich wollte die Sucherei gerade beenden, als ich eine merkwürdige Verdickung in seiner Jacke fühlte. Ich riss die Naht auf und stieß auf ein sorgfältig eingenähtes Stück... Skiwachs!
Skiwachs für frischen Tiefschnee! Was sollte das denn? War ich irre? Wer gab sich die Mühe, ein Stück Wintersportpflegemittel in eine Jacke einzunähen, um es zu verstecken?

Letzte Woche hatte ich Matthias vom Flughafen abgeholt, er trug diese Jacke. Ich stellte mir die Gesichter der Zollbeamten vor, wenn sie diesen merkwürdigen, harten, viereckigen Block ertastet hätten, ihn dann siegessicher aus seinem Versteck pulten, um dann ratlos um ein Stück Skiwachs für frischen Tiefschnee zu stehen.

Was hatte Skiwachs mit dieser verdammten Geschichte zu tun? War es der Schlüssel?
Inzwischen völlig durchnässt und ohne eine Idee fror ich in meinem Versteck. Hundegebell kam immer näher.
Wenn Sie, verehrte Leser eine Ahnung haben (der Autor hat keine, gar keine), was es mit diesem

Wintersportpflegemittel auf sich haben könnte und wir so diesen Kriminalroman der Auflösung ein Stück näher bringen könnten, lassen Sie es mir zukommen, und ich wringe mir ein paar weitere Seiten aus dem ausgebrannten Hirn.

Für den Nichtkenner meines ersten Buches: Nach dem ersten Kapitel folgte Kapitel XVII, der Schluss: Im teuersten Edelbordell Hamburgs feiert das gesamte Ermittlungsteam über mehrere Tage auf Einladung des Polizeipräsidenten die Zerschlagung des mächtigsten Geheimbundes, den es im deutschsprachigen Raum je gegeben hatte. Das Kapitel endet mit:

„...was die Ermittler nicht ahnten: Im idyllischen hessischen Luftkurort Bad Wildungen hatten sie eine Zelle unter Leitung eines unscheinbaren Anwalts – Tarnname Blueman – übersehen, und diese immer noch schlagkräftige Zelle sann auf Rache."

So bleibt dem Autor die Möglichkeit, im Erfolgsfalle noch einen zweiten Band hinterher zu schieben und noch mehr Geld zu scheffeln.

Die Taube

*(Angeregt zu diesem Text wurde ich durch eine Zeitungsmeldung, demnach war in Münster eine angeschossene Taube gefunden worden. Es wurden 1000 Euro Belohnung nicht für den Schützen, sondern für das **Ergreifen** des Schützen ausgelobt)*

A: Letztes Wochenende hat ein Rentner, hier im Park, als er von Enten gefüttert wurde...

B: ...ja, bei der zunehmenden Altersarmut ein inzwischen häufiges Bild...

A: ...hat er eine verletzte Taube gefunden.

B: Geistesgegenwärtig hat er sofort die 110 gerufen...

A: ... Polizei und Krankenwagen haben die mit dem Tode kämpfende Taube zum nächsten Tierarzt gebracht...

B: ...schon im Krankenwagen wurden lebenserhaltende Maßnahmen ergriffen...

A: ...die Fahrt hat etwas länger gedauert, weil – es war ja Wochenende – und es hatte nur **eine** Notfallpraxis geöffnet...

B: ...so gingen wertvolle Minuten verloren.

A: Der Tierarzt unterbrach eine gerade begonnene Herztransplantation bei einem Goldhamster...

B: ..und hat eindeutig festgestellt:

A+B: „**Absichtliche äußere Einwirkung durch einen stumpfen Gegenstand!**"

A: Und dass seine Praxis für einen solchen Fall nicht ausgestattet sei, aber er habe...

B: ... so verkündete er stolz, als einer von ganz wenigen die private Handynummer seines Doktorvaters Professor Seifert in Freiburg...

A: ...ja, und das sei der Einzige in Deutschland, dem er die notwendige Operation zutraue.

B: Professor Seifert weilte nun aber gerade auf Hawaii...

A: ...es war ja Wochenende...

B: ...aber er setzte sich in Shorts und Hawaiihemd sofort in seine Privatmaschine...

A: ...er fliegt bekanntlich selbst, er hat einen Pilotenschein und sein Pilot hatte ja Wochenende.

B: Sein OP-Team wurde alarmiert...

A: ...sie ließen alles stehen und liegen und eilten aus allen Ecken der Republik herbei, es war ja Wochenende...

B: ...von Polizeieskorten begleitet, um keine Zeit zu verlieren...

A: ...jetzt haben Sie bestimmt Verständnis für die Autobahnsperren auf der A 1 und A 43 letzten Samstag.

B: Die Taube hatte man inzwischen in ein künstliches Koma versetzt, vor der Klinik bildeten über 300 Menschen eine stumme Mahnwache mit Kerzen und Fackeln, einige hielten Bilder von Lady Diana hoch über den Kopf.

A: Da war man noch voller Hoffnung...

B: ...man rechnete mit vielleicht 6 Wochen Reha-Klinik in Tauberbischofsheim.

A: ARD und ZDF unterbrachen ihr Programm...

B: ... die Privaten Fernsehsender nicht, deswegen wurde der Rundfunkethikrat einberufen, einigen Sendern droht nun der Lizenzentzug.

A: Jens Spahn unterbrach ein Essen mit Pharmalobbyisten im Hotel Adlon in Berlin...

B: ...Angela Merkel ließ sich stündlich unterrichten...

A: ...Jan Ulrich soll an dem Tag kein Bier angerührt...

B: ...und Reiner Calmund nur Knäckebrot mit Magerquark gegessen haben...

A: ...und das am Wochenende!

B: Die Taube war inzwischen mit einem Hubschrauber in eine Spezialklinik in Bad Füssen verlegt worden, die Mahnwache auf mehrere tausend Menschen angeschwollen...

A: ...einige hielten Bilder von Lady Diana hoch über den Kopf...

B: ...während der folgenden 7-stündigen Notoperation ist niemand gegangen...

A: ...nicht ein Einziger!

B: Professor Seifert trat schließlich völlig erschöpft ...

A: ... noch in Shorts und Hawaiihemd unter dem OP-Kittel...

B: ... um 23 Uhr 46 vor die Menschenmenge und verkündete, es sei leider alle Mühe umsonst gewesen, die Patientin sei leider gerade ihren schweren Verletzungen erlegen.

A: Wenn er es geschafft hätte, die Taube zu retten, der Nobelpreis für Medizin wäre ihm sicher gewesen!

B: Nach diesem Schicksalsschlag in vielen Städten Deutschlands dasselbe Bild:

A: Beeindruckende Schweigemärsche bewegten sich sternförmig in die Innenstädte...

B: ...mit schwarzem Stoff verhüllte Rathäuser, Fahnen auf Halbmast, ach auf Viertelmast...

A: ...der Oberbürgermeister von XXX XXX hielt eine ergreifende Rede...

B: ...ihm standen die Tränen in den Augen, er musste mehrfach unterbrechen.

A: Ein stadtbekannter Tierfreund...

B: ...der aber anonym bleiben will...

A: ...stellte großzügig einen Platz in seiner privaten Familiengruft zur Verfügung...

B: ...aber der sofort einberufene Stadtrat...

A: ...man war vollzählig, obwohl es ja Wochenende war...

B: ...der Stadtrat beschloss einstimmig, also mit den Stimmen der FDP und der AfD...

A: ...ein Mahnmal am "Platz der Unbekannten Taube", dem ehemaligen Domplatz und ein Ehrengrab zu errichten.

A: Der Polizeipräsident von XXX setzte eine hohe Belohnung aus, und versprach, den oder die Schuldigen zu ermitteln...

B: ...und dann kein Federlesen sondern volle Härte des Gesetzes.

A: Kein Freigang am Wochenende.

B (ärgerlich): Du immer mit deinen Wochenenden, was soll das?

A: Damit die Leser einen Eindruck davon bekommen, wie ernst die Situation ist.
Sag mal, weißt Du, wie hoch die Belohnung ist?

B: 1000 Euro.

(kleine Pause)

A (überlegt laut): Die Belohnung kriegt doch derjenige, der den entscheidenden Hinweis zur Ergreifung des Täters gibt, das ist doch richtig?

B: Klar.

A: Dann müsste ich doch auch selber die Belohnung kriegen, wenn ich mich stelle.

B (entsetzt): DU! DU warst das?!!!

A (redet sich in Rage): Ja, diese Tauben, die **meinen** Meisen, **meinen** Rotkehlchen das Futter klauen!
Die meinen Vorgarten **zuscheißen**, dass ich Slalom gehen muss!
Die mir auf das Grillgut kacken!
Die Löcher in meinen Cabrio ätzen!
Die mir mit ihren blöden Balzrufen und ihrem Gegurre am Wochenende das Ausschlafen versauen!
Die mir beim Geschlechtsverkehr über die Schulter gucken!
Die mir ständig vor Augen führen, wie oft man vögeln **KÖNNTE** und querbeet mit allen!
Die mir aufzeigen, wie schlecht ich im Luftgewehrschießen bin!

Ich hasse Tauben!
Lieber 1000 Tauben unter der Erde, als eine einzige auf meinem Dach!

Die große Kunst

(selbstverliebter Dozent mit Seidenschal;
bei kursiv Gedrucktem im Text wendet er sich an
das Publikum)

Meine Damen und Herren, ich werde heute, hier, auf diesen Brettern, vor Ihren Augen die Klein-kunstform Kabarett revolutionieren und sie zu GROßER Kunst transformieren!

Dazu werde ich ihren immanenten dialektischen Ansatz betonen, die Kunstform Kabarett neu durchdringen, sie gänzlich, aber konstruktiv in Frage stellen.
Gemäß der „Neuen Telgter Schule" werde ich jenseits, weit jenseits der branchenüblichen Mo-di ästhetischer Pflichterfüllung arbeiten und die konsumistische Rhetorik auf einen Punkt agressi-ver Klarheit fokussieren, dass sie in eine parado-xe Form affirmativer Selbstreflexion umkippt.
Ja, ich sehe schon die Idee *–wie würden Sie es formulieren?-* der viralen Ästhetik des Parasitä-ren, die sich der Organe ihres Wirtskörpers be-dient, um ihn mit seinen eigenen Mitteln zu Fall zu bringen.
Anders als diese „Theoretiker" von der Schule der angewandten Ästethik, amalgiere ich die öf-fentlich zirkulierenden Zeichen unserer Konsum-kultur in *- bastardierten? –* ja, bastardisierten Ikonen, die die abstoßende, ekelerregende Krankheit ihrer eigenen Herkunft zelebrieren. Dabei bediene ich mich der Medien, der Forma-te und ästhetischen Vokabulare der Massenkom-munikation und seziere so die zeitgenössischen

Phänomene einer medial hochgerüsteten Öffent-
lichkeitsindustrie und überziehe sie in Form von
Billboards und Bollbirds mit beißender, mit ät-
zender, *- ja bitte?* -negativistischer Kritik.
Dabei verbildhaftet sich meine Sehnsucht, in einer Art „diretissima" zum Eigentlichen, zum
Kern, zum Absoluten vordringen zu können: eine
imaginäre Vertikale, mit der transzendentaler
Narzissmus seinen asozialen Charakter in der
gesellschaftlichen Horizentalen in einer meditati-
ven Diagonalen kompensiert.

(er bemerkt, dass das Publikum nicht begreift)

Ich glaube, ich sollte diese Revolution verschie-
ben, auf ein späteres, ein **viel** späteres Programm.

Aufgeschnappte Reaktionen aus dem Publikum

„So gelacht habe ich selten."

„Mit war oft eher zum Weinen."

„Ein bisschen hat es mich erinnert an...na...an..."

„Das ist ja was ganz eigenes, was die Buschtrommel da macht."

„Und so aktuell."

„Die Zugabe kannte ich, die war alt."

„Die eine Nummer haben sie mal im Fernsehen gebracht."

„Das man die nie im Fernsehen sieht, die müssten eine eigene Sendung haben."

„Bisschen wortlastig."

„Die können sogar tanzen."

„Also Mut zur Hässlichkeit haben sie."

„Süß, alle beide, gut, dass unsere Tochter nicht mit war."

„Ja, wenn man genauer hinguckt, so wie die beiden, egal wo, dann sieht man doch, was in Deutschland alles im Argen liegt."

„Solange wir solches Kabarett haben, ist mir um Deutschland nicht bang."

„Dass die das alles so sagen dürfen, die stehen doch bestimmt immer mit einem Bein vor Gericht."

„So, wie die das bringen, kann man denen aber auch nichts übel nehmen."

„Wie kann man sich über Skandale so lustig machen."

„Da hilft nur noch Galgenhumor."

„Bisschen viele Namen und Fakten, Fakten, Fakten."

„Klar, dass man in so einem Rahmen nicht soo in die Tiefe gehen kann."

„Gut recherchiert, Hut ab."

„Zwei Stunden, und alles mit Sinn und Verstand!"

„Das ist doch alles Quatsch."

„Ich musste ja mit, ich wollte ja eigentlich gar nicht, meine Frau wollte unbedingt, aber hat sich doch gelohnt."

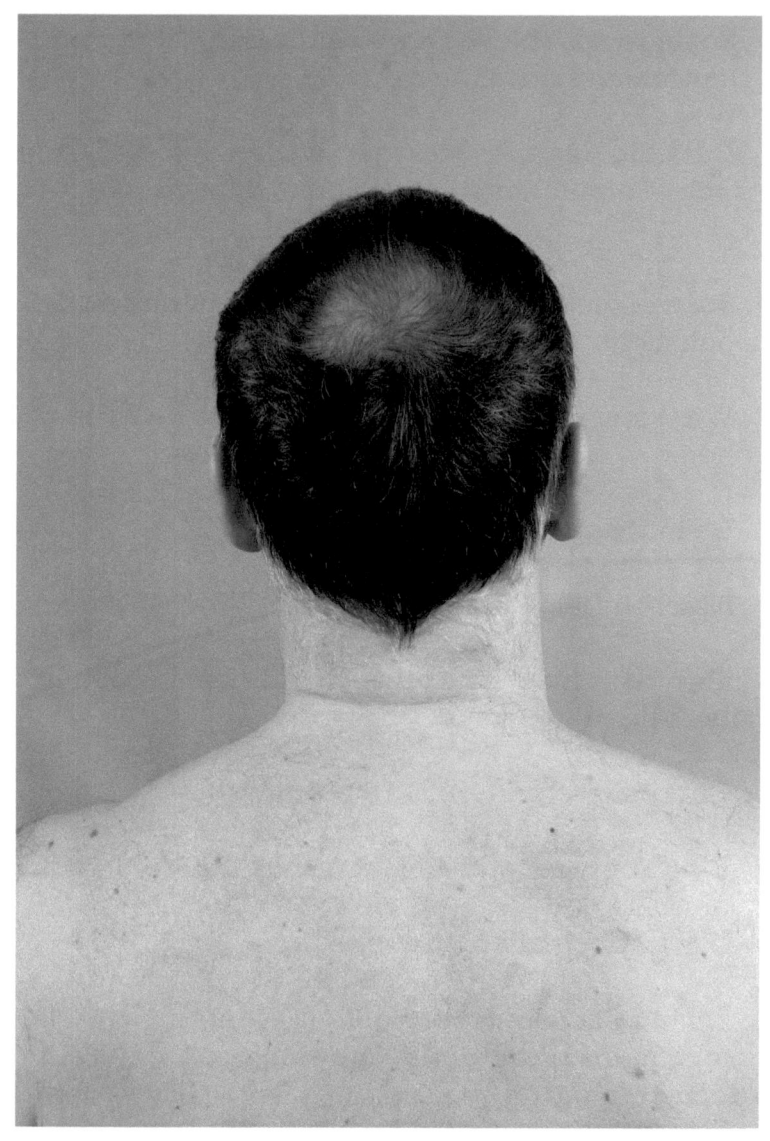

184